村 上 春 树 と 私

村上
春树
和
我

Jay Rubin

［美］杰伊·鲁宾———著

蔡鸣雁———译

上海译文出版社

第一部　春树、我及作品

来自村上春树的电话改变了我的人生

在香蕉皮上学日语

那是 1961 年，我在芝加哥大学读二年级时的春季学期。当我希望上点西洋文化之外的课程时，恰好开设了一门"日本文学入门"课。

在那门课的课堂上，虽然被要求从《古事记》读起，读《伊势物语》、《源氏物语》、《平家物语》、《敦煌》、《心中天网岛》，一直读到夏目漱石的《心》，但因为是面向美国学生开设的课程，所以文本全部是英译。

任课老师是因《心》的精彩翻译而声名鹊起的埃德温·麦克莱伦(Edwin McClellan)教授，老师的授课令我印象深刻。之所以如此，是因为学生们阅读的都是英译本，麦克莱伦先生却必定会带上日文原著，在课上给我们就原著做各种讲解。他授课的激情简直让我们学生感觉，若能用日语读那些书，不知将会比读英译本有趣多少。

麦克莱伦先生的课有趣极了，所以我在那年夏天买来日语书，利用打工间隙开始自学起来。我打的那份工是售卖冰激凌，就是将冰激凌堆进小型卡车里走街串巷，来到孩子多的街道，便叮铃铃地响铃，然后将卡车停在路旁，售卖各式各样的冰激凌。

价格最贵的香蕉船冰激凌球，是一种将香蕉的皮剥掉，竖着切成两半，做成带孔托盘，中间摆上三个滚成圆形的冰激凌球，再浇上巧克力酱或发泡奶油吃的甜点。

制作香蕉船冰激凌球，必须要在卡车中提前装上许多香蕉，而那些香蕉居然在我的日语学习上立下汗马功劳。我用圆珠笔在香蕉皮上书写，练习汉字。一种无以名状的手感使我得以下笔流畅，并很快记住。我想我一定要向读者朋友们推荐这个方法。

一日，雇主过来视察我的工作，他疑惑不解地看着写满汉字的香蕉皮，问："那是什么？"我敷衍道："啊，那个啊，是中国产的香蕉。"他应了句："哦，是吗？"便不加在意地回去了。

不敢说是否要归功于香蕉皮，但我感觉日语学习进展得很有趣。于是新学期伊始，我毫不犹豫地选择了专攻日本文学。然而等我开始学习日语并在五六年之后吃尽苦头、却总算能读文学时，我已升入研究生院。换句话说，我陷入了日语学习的泥沼。

麦克莱伦先生的专业是明治文学，所以我也自然以明治为中心进行文学研究。先生不只翻译了《心》，还将漱石的《道草》、志贺直哉的《暗夜行路》等作品译成英文，所以我深以为日本文学教授都做翻译，于是自己也开始着手翻译。

后来我发现也有的教授不做翻译，却为时已晚。之所以这么说，是因为我爱上了翻译，搞不懂不想做翻译的人

陷入日语沼泽时节。在川崎市的独步纪念碑处

的想法了。

我的博士论文题目是国木田独步，所以我最初做的翻译便是独步的几个短篇，那之后是漱石的《三四郎》。不算1977年译的野坂昭如的《美国羊栖菜》，我接下来的译作是1988年漱石的《坑夫》英译。

回头看看，我翻译的几乎全是"死人"的作品，虽然翻译之外也做了许多其他工作，可是就连终于在2011年由世织书房出版的拙著《风俗坏乱——明治国家与文艺审查》，做的也是明治时期的作家们、亦即"死人"们的作品研究。

1989年阿尔弗雷德·伯恩鲍姆（Alfred Birnbaum）先生译、村上春树著的《寻羊冒险记》在美国成为热门话题，所以我再怎么一头扎进明治时代里，也开始隐约注意到有位名叫村上春树的作家存在。

虽然我看见东京书店正面柜台上摆满他的书，但我认为写那种畅销书的人十有八九是某类大众作家。我认定里面写的必然是醉醺醺的少男少女不管不顾地睡觉之类的荒唐故事，所以几乎提不起阅读的兴趣。

然而《寻羊冒险记》英文版刊发数月之前，一家名叫经典(Vintage)的美国出版社拜托我读一下村上春树的一部长篇，看是否值得译成英文。虽然英译本已在进行探讨，但据说还需要关于原著的意见。

阅读村上令我魂不守舍

了解世人都在读些什么烂作品也没坏处吧——我抱着这样的想法接受下来，完全没抱任何期待。然而当从出版社拿到文库本试读时，却令我魂不守舍。那本书就是《世界尽头与冷酷仙境》。

由于我常年专注于被压抑的灰色现实主义研究，所以无法相信居然存在如此富于大胆奔放想象力的日本作家。小说临近结尾处，独角兽头骨发散到大气中的梦的色彩至今依然历历在目。我这般难舍村上春树的世界，竟至为合上最后一页惋惜不已。

我给前来征求我对这本小说意见的经典出版社写了意见并寄出："这本书无论如何都值得翻译。如果正在探讨的译稿不能尽如人意，务请让我来做。"然而我的意见完全遭到了经典出版社的无视。他们既定不会出版，自然也未交给我来翻译。

　　两年之后，讲谈社国际部刊发了伯恩鲍姆先生妙笔生花的英译本《世界尽头与冷酷仙境》。那时候，美国和英国已经因《寻羊冒险记》掀起村上春树的微热潮。

　　或许因为《世界尽头与冷酷仙境》带给我的震撼太大，我读了所有能够弄到手的村上作品，还把它们带入了课堂。我尤其中意短篇小说。

　　我彻底被村上作品迷住了，仿佛它们是专门为我而写。我满意村上幽默的品位，喜欢不依靠时间经过与记忆的主题写作方式。

　　他的故事中，有许多我十几岁时钟爱的爵士电影配乐登场。我佩服他让读者感觉从主人公的头脑中看见世界的力量。总之，与其说我作为专业学者，不如说我作为个人、作为一名普通粉丝，迷上了村上的作品。

于是我从大学的图书馆里找来日本文艺家协会发行的《文艺年鉴》，查到村上的住址，给他写信。

"你的作品中有我无论如何都希望翻译的东西，作品一览表中的任何一篇都可以，您能否允许我将它们译成英文呢?"

令我欣喜的是，不久之后我从村上经纪人处收到回信说欢迎我的提议，于是我将最喜欢的两篇作品《再袭面包店》和《象的消失》的译文寄给了那位经纪人。

几个星期之后的一个早上，我正在书房里摆弄电脑，电话响了。拿起听筒，竟然有个从未听过的、极其莫名其妙、仿佛绞杀一只鸡一样的声音响个不停。

我想，没必要回复这么奇怪的声音，便"咔嚓"一声挂断电话，谁想电话又随即响起。我战战兢兢地拿起听筒，听不到刚才那个奇怪的声音了，所以我试着说了声

"Hello"，于是传来一个浑厚友好的男性声音，而且还是日语："我是村上春树，请问能否允许我将前几天收到的《再袭面包店》和《象的消失》的英语译文刊登到《花花公子》（Play Boy）上?"

虽然我对美国的《花花公子》杂志的所谓"哲学"稍感疑惑，却毫不犹豫地扑向这个在拥有众多读者的杂志上发表的绝佳机会。说来，或许因为身为学者，我发表的论文的读者还不足十人吧?

想来，那日的电话有诸多让我吃惊之处。

首先是村上春树亲自给我打来一事。说来，夏目漱石可是一次都没给我打过电话呢……

其次就是作者村上春树对我的翻译感到满意。

再就是刊登在《花花公子》上一事。

最后的一惊是，电话里那个绞杀鸡一样的声音竟然是一种叫做"传真"的最新技术发出来的信号。

好像村上十分腼腆，他似乎希望尽量不要和陌生人直接通电话。然而好像因为我的技术落后，他不得已给我打了过来。插句题外话，我第二天便买来传真机。如今传真已是有点古董的技术了，所以我想读者们也可以明白这段事有多久远了。

如再要举出一件吃惊之事，那就是村上说，他并非是从东京，而是从纽约新泽西州的普林斯顿大学打来的电话。1991年春天，我以客座教授的身份在哈佛大学任教，住在波士顿附近一个叫做布鲁克莱恩的镇上，和村上所在的普林斯顿相隔车程4小时左右的距离。

或许是因为那样近的距离感吧，村上和我的第一次见面不久就实现了。我的人生从那之后完全改头换面，朝着以村上作品为中心的无法料想的方向发展下去。

没有拍到村上，拍了自己的脚

模糊不清的印象

如前所述，我和村上春树第一次交谈是在美国新泽西州的普林斯顿大学与波士顿之间的长途电话中。我们第一次见面是数月之后的 1991 年 4 月、波士顿马拉松的第二天，在哈佛大学的教室里，但我第一次亲眼见到他应该是在马拉松当天。

之所以这样说，是因为并没有清晰的印象留下来。当时我正以日本文学客座教授的身份从布鲁克莱恩到剑桥市的哈佛大学上班，那之前我对马拉松这玩意儿可以说完全不感兴趣。

可是波士顿马拉松的路线碰巧经过布鲁克莱恩，而且因为数月前开始翻译村上的短篇小说，所以我对有他出场的那一年的马拉松骤然兴趣勃发。

塔夫茨大学的井上·查尔斯教授要在第二天带村上来哈佛大学，所以如果可能，我十分希望在见面之前，从布鲁克莱恩的所谓主干道联邦大道沿路一睹村上的风采，不仅如此，我还打算用相机拍下村上的英姿。

因为在《寻羊冒险记》的英译本封面上见过村上的照片，所以我自以为是地以为，若是本人经过便可能会认出来。然而我是第一次参观马拉松，所以根本无法预料会有多么庞大的人群跑过来。沿路欢呼的人数也令我叹为观止。总之，我仿佛站在人的漩涡中。

还有一件无法预料的事，便是参加波士顿马拉松的亚洲人的数量。我本以为既然是世界著名的马拉松，也许会随处可见少数亚洲人夹杂其中，会很醒目，但这真是不经之谈。

我沿路看着望不到头的人流中不断出现的亚洲人面孔，

开始明白要分辨出素未谋面的村上几近不可能。即便如此，我依然抱着一线希望，右手紧握照相机，心想，也许认出来的瞬间拍张照片也未必没有可能。

等了又等，村上却迟迟未来，我便拍起跑步选手和参观的人来打发时间。比如我拍下了后背贴着4972号码布的坐着轮椅的选手背影和举着写有"Go, Dad! Baxter!"的白色横幅给父亲加油的年轻人。可是随着时间的推移，一种"没准儿错过村上了"

的念头越来越强烈。

　　我家附近的联邦大道一带就位于著名的"心碎坡"后面，所以我想，村上也许在那里就退出了马拉松、不会再经过这里也未可知，于是便起了回家的念头。

　　就在那时，妻子突然喊了起来："是他！是他！"我转向选手们，凝神定睛想要看清飞奔而来的脸之川流，却无从分辨。

　　"哪里？哪里？"我也大声喊道。

　　"那儿！那儿！看不见吗?!"再次转向她手指方向的瞬间，我的右手指兀自摁下快门，我的宝贝相机没有朝向选手们，而是朝向了地面。等我回过神后拿起相机，却为时已晚。我不知道妻子指着的选手背影中的一人是不是村上。所以说那天我或许见到了村上，但不敢言之凿凿。也许他只是作为渐行渐远的人群中的一部分，只是以这样的印象留在了我的意识中。

　　几天之后洗出照片，"4972"和"Go，Dad！Baxter！"

很清晰地出现了，本应拍了村上的那张照片却仿佛黏黏答答、含糊不清的抽象画一般，上面是我运动衫的蓝色布料和左脚运动鞋的左半边以及嵌在柏油路黑乎乎的路面上的金属盖。

尝试大幅调整授课内容

两年后的 1993 年，我成为哈佛大学的常任教授，从华盛顿州搬到剑桥，这时村上也从普林斯顿搬到同一座城市剑桥市。因此，在村上参加波士顿马拉松赛时，我总共三次完成在那处"心碎坡"前面将切成两半的柠檬递给他的任务。这是作为漱石的译者无法经历的愉快工作。

我"参加"马拉松有时也会和大学的工作交叠。因为波士顿马拉松每年 4 月的第三个周一开幕［这是仅在马萨诸塞州欢庆的 Patriots'Day（爱国者日）］，时间上适逢哈佛大学的春季学期。

从很早之前，我就在每年的春季学期教授近现代日本文学入门。我会按照年代顺序，采用英译本从二叶亭四迷、国木田独步、夏目漱石、森鸥外他们到永井荷风、芥川龙之介、谷崎润一郎、川端康成、三岛由纪夫、大江健三郎、野坂昭如通讲一遍。1991 年以后的课上，我开始让学生们读村上作品，因时间限制，主要让他们读短篇。

不过，数年前我开始发现，和上完课的学生交谈，虽然他们读了为数众多的作家作品，脑子里却好像只留下泛泛的整体印象。于是我明白了，即使问他们记住了谁的作品，他们也几乎没留下什么印象。1993 年之后，当我在新学期第一天问学生们为何选择这门课时，几乎全体异口同声这样回答："因为想读春树。"

于是我决定大幅调整授课内容。无论我如何绵密地教授现代日本文学史概览，选这门课的学生却几乎都不是日本文学或日本文学史专业，而是在学习物理学、心理学或英国史，所以他们注定今后几乎不可能再上与日本有关的课，因此我决定把它上成一门即便在学问上没有用处、也

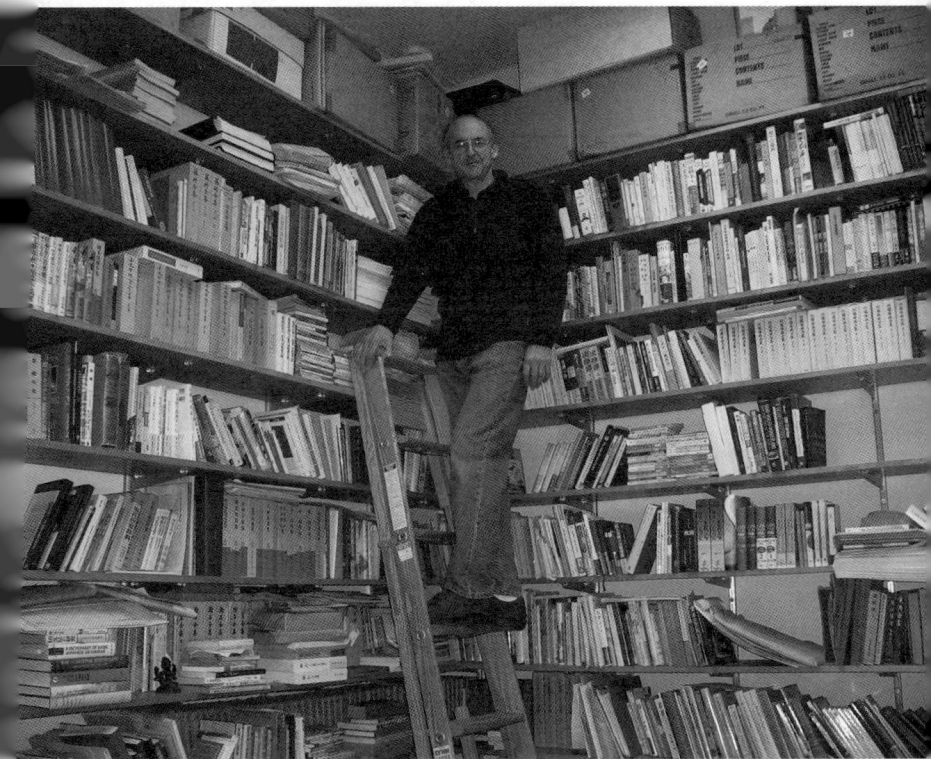
在哈佛大学的鲁宾研究室中

会对他们今后的人生有所影响的课程。

我决定，与其让学生们将 12 位作家的作品分别读上一点，倒不如让他们深入地读 3 位作家的作品。那便是漱石的《三四郎》、《心》和《道草》，谷崎的《梦之浮桥》等 7 部短篇集、《痴人之爱》、《细雪》，以及村上春树的短篇集《象的消失》、《世界尽头与冷酷仙境》、《挪威的森林》和《奇鸟行状录》。

如此，至少有 3 位作家的名字和他们的文学世界应该会留在学生头脑中较深处，只不过不是作为知识，而是作为唤起想象力的经验。而且我考虑到，迫切希望读到村上作品的学生也会对此十分满意吧。

在我将课程改为这样一门课时，村上再一次决定跑波士顿马拉松，所以我决定将那个周一的课变成全体来到"心碎坡"，为村上加油。我确信，这也将在学生们的记忆中留下印象。2003 年的波士顿马拉松成为响起人数最为庞大的"村上，加油！"的尖叫声的盛会。

2006 年 7 月 1 日，我从哈佛大学退休，那年 4 月适逢村上参加马拉松，所以我最后一次前去声援。这一次我没带学生，而是带上了村上的超级粉丝、我的同僚苏珊·法尔（Susan Pharr）教授。幸运的是，我从法尔教授那里得到了一张村上边挥手边展露笑容的照片。

超越国境与宗教，被全世界喜爱的村上春树

邀请村上与之探讨

我和村上春树第一次见面是在 1991 年 4 月，是他参加波士顿马拉松赛的第二天。村上来到哈佛大学霍华德·希伯特（Howard Hibbett）教授的课堂，我自然也参加了。那天的主题是《再袭面包店》，当时依据我尚未发表的英译本进行了课堂讨论，那可真是相当愉快的一堂课。

《再袭面包店》写了下面的故事。

一对新婚燕尔的夫妇半夜醒来，肚子里空空如也，家中却没有食物。在他们商量要不要去通宵营业的餐馆的过程中，作为叙述者的丈夫产生了这样的念头。

我总感觉自己如今正忍受着的饥饿是一种特殊的饥饿，似乎不该在那种国道沿线的通宵餐馆随随便便敷衍了事。

所谓特殊的饥饿是怎么回事呢？

我可以将其作为一幅画面提示出来：

①乘一叶小艇漂浮在静静的海面上。②朝下一看，可以窥见海底火山的顶。③海面与那山顶之间似乎没隔很远距离，但准确距离无由得知。④这是因为海水过于透明，感觉上无法把握远近。①

虽然是希伯特先生的课堂，但因为将作品译成英文的是我，所以我被委以课堂讨论负责人。我向学生提问小说中的火山象征什么？于是村上不待学生回答，便当即如此断定："火山不是象征，火山只是火山。"

我毫不气馁地高声宣布："你们不要听他说！因为你们

---

① 《村上春树全作品8》（讲谈社，1993年），第13页，本处中文译文采用林少华译、上海译文出版社2008年版《再袭面包店》里的翻译。

不知道他在说什么！"热烈的讨论就这样展开了。

村上的回答委实是他特有的直率，他问："你肚子饿了会联想到火山吗？我会的。"他还继续加以说明，说他写那个短篇时正饥肠辘辘，所以就写出了火山。他可真够单纯明快的。

众所周知，村上并不希望对自己作品中出现的象征意义追根究底。岂止如此，他根本就在否定象征本身。然而一旦将作品公之于世，那部作品便不再属于他自己，而是变成读者所有，他同时也是这样一位持非常宽容、健康态度的作家。所以肚子饿的时候村上会联想到什么，对读者而言无关紧要。在《再袭面包店》里，海底火山象征着什么这一问题从早先就有许多读者讨论却一直悬而未决。然而我自负地以为与任何人相比都是对村上更为热心的读者，所以即便我断言说"这个很清楚的"，想必大家也会予以谅解吧。也就是说，这座所谓的海底火山，也许是留在潜意识中的、随时会爆发并破坏现有的平静世界的象征。

然而在村上看来，如果将火山冠之以象征，如果非要这样定义，它将失去大半的力量。他与其他作家一样，火山就是作为火山，不做任何说明，绝不妨碍每位读者在心中浮想联翩。

我想，正是这种信赖个体读者的姿态使村上春树成为被全世界阅读的作家。他把握了全世界人的心理现象——也可以说是普遍现象，并以与国界、人种和宗教全然无关的朴素且鲜明的意象表现出来。

当然，这种鲜明的意象也存在意外性。我想，这个世上肚子饿时会想象海底火山的人数量毕竟有限，也许唯此一人吧？因此，村上春树酝酿出来的意象虽说普遍、朴素、鲜明，却只能在某种程度上进行解释。那海底的火山从何而来，恐怕村上自己也搞不明白吧？

清新而又令人会心微笑、最终却不容解释的意象从村上的头脑中被直接传达给每一位读者。村上春树就像一名走私者，躲开当局的监控、溜出国境、不交关税，就这样将贵重物品从自己心里直接送到全世界读者的心中。全世界的读者或许正是渐渐感到这个叫村上春树的作家在为自己而写、理解自己心中的某种东西，所以才变成村上粉丝的吧？

所有国家的读者都在说相同的话。

"在蒙古，《寻羊冒险记》的俄语版被阅读，在乌兰巴托，人们说'这部小说只有我们才能理解'。"[1] "说到村上春树的主人公的心理和行动，俄罗斯的年轻读者能够感同身受。"[2] 韩国的金春美教授说："对韩国的作家而言，村上春树出现的意义之一，是与和他们自己共有问题意识及苦恼的文化符号以及准确表达他们想要表达的东西的文化符号的邂逅。"[3] 中国台湾的读者们说："村上十分形象地表现了我们的感觉。"[4]

---

[1] 柴田元幸等编：《世界如何阅读村上春树》(《文艺春秋》2006年，第1页)。

[2] 同上，第4页。

[3] 同上，第74页。

[4] 同上，第76页。

可是人的心理各不相同，难道一个作家果真能实际捕捉数百万人心中的所思所想吗？夏目漱石在《心》里，将人与人之间的隔阂称作"个人与生俱来的性格差异"。漱石的主人公希望用这个说法向读者解释自己自杀的动机。所以即便全世界的人并不会全部都想自杀，但也多少会感受到孤独吧？

对这一伟大的问题，村上并不故弄玄虚，而是时而笔触轻松，时而笑意融融，他总是在卖力地、并以写给读者阅读的强故事性写个不停。村上作品的主人公——包括中早期的"我"、托尼泷谷、卡夫卡、青豆、多崎作，他们都封闭在自己的思想中，将外部世界的人看作他者。村上"准确表达"的正是全世界的人每天从早到晚所经历的心情。

全世界的读者并非单纯感觉村上的作品有趣而享受阅读，而是在内心深处感动着。而且他们没有用文学性语言，而是用宗教性语言说了出来。我想，因为让数十万读者中的每个人都怀有那样的心情，所以村上才能获得如此广博的人气。

全世界读者的感受

似乎可以这样认为：既然村上被以如此多的语言阅读，那么读者当中应包含佛教教徒、基督教教徒、伊斯兰教教徒、犹太教教徒、印度教教徒、儒教教徒、无神论者、不可知论者，还有无数其他人。

其实无神论和不可知论不是信仰，而是表明对"宗教"这一事物的态度，所以或许应该从这个名单中排除。可实际上，正因为世界上的信仰多姿多彩，怀疑宗教的无神论者和不可知论者的立场反而才会被正当化。许多宗教自以为是地规定何为真实，但它们不可能全盘正确。反之，或许也有可能全部都是错误的。

但假如作为彼此不能共存的宗教体系的所有宗教有共通之物的话，那便是神秘性。宗教教条式地主张人生的意义，尽管缺少客观证明，却要将其意义强加于人，信徒们必须有意识地或无意识地遭遇无法解释的神秘性。

我们何以存在？宇宙何以存在？无神论者坦率承认这些无解的事物。无神论者较之宗教学家更为接受容纳我们微渺人类认为此世界绝对不可解这一感觉，而村上作品把这种不可解悉数如实接纳。

举例说明，试读一下村上发表于1985年的著名短篇小说《象的消失》，我想其目的莫不就是要让读者意识到一种无法阐明的根源性神秘？换言之，我想，《象的消失》暗示存在消失的女性和异次元世界等，这部作品就是有着诸多暗示的村上作品的缩略图。

在这篇短篇小说中，大象和饲养员一起从笼子里莫名不知所踪。大象一直在那里待到了某一天，却在翌日消失。话者如此述说。

"套在象脚上的铁环依然上着锁剩在那里，看来大象是整个地把脚拔了出去。"① 铁环和沉重的锁连在一起，那把锁被固定在混凝土墩儿上。"象舍与'象广场'围了三米多高的坚固栅栏。"② 如此，即便象从铁环中拔出脚，纵身跃过栅栏，"松软的沙土路面上也没有留下任何类似象脚印的痕迹"。③

叙述者是自称为"我"的电器公司广告部一名孤独的职员。"我"确信大象并非从象舍中逃离，而是消失。不过他认为无法这样子说服警察和自治体。他所知道的是，和象一起，魔术也从他"敷衍的"人生及城镇的日常中消失了。

象是巨大的神秘化身，可是叙述者又说道："人们对于自己镇上曾拥有一头大象这点似乎都已忘得一干二净。"神秘感消失之后，孤独的人只剩下买东卖西的日常生活。通过嘲讽地描述神秘性从话者的生活中消失，村上将本该深

① 村上春树：《象的消失》(新潮社，2005年)，第405页。
② 同上，第411页。
③ 同上，第411页。

入思考的悬而未决的神秘留给了读者。无论长篇还是短篇、内容深刻或是喜剧化题材，几乎他所有的作品都将悬而未决的神秘留给了读者。

毋庸置疑，无论笔调如何轻松，或是使用多么朴素鲜明的意象进行表述，孤独依旧是孤独，日积月累以致自杀的可能性总是存在。走到自杀程度的孤独在村上永远的畅销书《挪威的森林》中扮演了重要角色也并非偶然。结果全世界的人阅读村上作品的感触便是："啊，原来感觉如此孤独的人并非只有我一个。"当发掘到和他人共有孤独，读者反而被治愈了。

四方田犬彦教授在随笔《如何看待春树热》中做了如下论述：

"无论在什么社会，其情形都是这样的，'村上作品群'首先作为人们治愈自己的政治性挫折、恋爱观、孤独与虚无的文本被接受，然后人们才会重新发现作者是日本人，自己手中这本书原来是翻译作品。"①

　　尽管村上作品中写了许多的自杀、死亡与悲伤，但活下去并努力获得新的体验、新的知识和新的爱这样积极的人生态度才是作者（读者）的立场，所以村上春树得到了全世界的爱。

_____

① 国际交流基金会发行（《远近》2008 年 8 · 9 月号），第 6 页。

将日本文学介绍给世界的村上春树

过誉的言辞

1991 年秋，英国一家大型出版社企鹅出版社的编辑西蒙·维尔德先生的一封信翩然而至。自从我 1991 年成为村上译者以来，翻译的都是与村上相关的内容，但因这封信，我开启了围绕芥川龙之介的冒险。

鲁宾先生：

重要事情请允许我后面再提，首先我想对鲁宾先生《奇鸟行状录》的英译表达我诚挚的敬意。受益于先生的丰功伟绩，我得以度过一个愉快的夏天。

我在企鹅出版社担任"现代·经典·系列"的主

编。关于这个系列，我的本意是希望收录各领域中印象深刻的作品并能引以为傲，可是关于日本文学数量太少，除了三岛和川端的作品，尚为一片荒芜。特别是缺少芥川龙之介的作品（在英国无法以任何形式得到）。

我以前读过很早之前艾利坦斯·普莱斯（Eridanos Press）翻译的英译短篇集，里面收录了《地狱变》、《齿轮》、《一个傻瓜的一生》、《寄老友手记》，读完着实吃了一惊。我想，芥川的感受性和村上春树有着极为近似的地方。

倘若能以崭新的翻译将芥川的作品推出去，应该也会给西方世界强烈的震撼。先生意下如何呢？您会认为芥川的作品存在终究无法译成有影响力的英文的壁垒吗？

我的梦想是希望请鲁宾先生重新挑选芥川作品译成英文，再附上村上春树先生的序之后重新出版。

我的这一设想或许会被您嘲笑为异想天开。百忙之中打扰不胜抱歉，希望这个提案能有幸得到您的审阅。

最后，再次祝贺《奇鸟行状录》取得的伟大翻译功绩。

西蒙·维尔德

1999 年 9 月 17 日

一目了然，这封信中过誉的言辞是要表达企鹅出版社希望策划带有村上春树序文的新版英译芥川龙之介短篇小说集。这个主意固然不坏，而且还是个相当不错的主意。况且我被人赞誉，心情也不赖。于是我当即给维尔德先生写了肯定的回信，可是我认为，请一向声明对日本文学不感兴趣的村上参加这样一个项目，可能性接近为零。

所以我同时也对维尔德先生写道："如果村上先生决定

参与西方世界的芥川再发现，那是多么讽刺啊！若说原因，村上没有获得的少数文学奖项之一便是芥川奖，而且还要让他反过头对没有得到的东西表示骄傲。"

我通过传真给村上转发了维尔德先生的信。我想反正没有村上的序，企鹅出版社大概也不想出版这本书，便又回到正在着手的两项工作中。那就是《神的孩子全跳舞》的英译与《HARUKI·MURAKAMI 与语言的音乐》的执笔。

一口应承的回复

然而令我吃惊的是，村上很快给了回复，并一口应承。结果村上不仅在英语圈，而且在日本国内的芥川再发现上做出巨大贡献，这不能不说是个讽刺。

《神的孩子全跳舞》的英译与《HARUKI·MURAKAMI 与语言的音乐》在 2002 年完成，所以我真正得以认真投入芥川龙之介之中是在 2003 年夏天以后了。自那以后，除去大学的工作，我就向芥川一边倒了。

我并非只读已盖棺定论的代表作，而是读芥川的全部小说，仔细吟味，为英语圈构建全新芥川像的愿望汩汩涌起。既然想象力丰富如芥川，那么以现代眼光重读，肯定会发现不怎么为人所知的名作，我带着这样的自信决定通读作品。

　　然而问题关键在于值得翻译的作品为数过多，《地狱变》、《齿轮》这样不可撼动的代表作自不必说，我还希望务必将几乎不为人知的《尾形了斋备忘录》、《阿吟》、《忠义》、《掉脑袋的故事》、《葱》、《马脚》、《大导寺信辅的半生》、《文章》、《孩子的病》收入。出版后的短篇集18篇作品中，之前未能译成英文的有9篇之多。

　　从准备阶段到发行阶段的4年是我极为充实的体验。加上年谱、参考书目、村上的序、译者前言和注释总共被限制在230页之内，所以分给关键的小说部分的页数就没那么多了。

　　可是随着阅读推进，接连出现我希望一定要收入的作品，而且比原计划要长的村上序文着实有趣，编辑也希望全文登载，所以 2006 年出版的这本书遂膨胀为 268 页了（村上的序占了其中的 19 页）。

这篇序完全表现出村上严谨的性格，所以我知道他写的时候是当真认可芥川作为日本文学代表作家的地位的。他向西方读者详细解说了芥川龙之介对于典型的日本读者和作家村上个人来说有多么重要。读过之后，就会明了写这篇序时，村上花了多少时间再次阅读、再次思考芥川的作品。

序的开头写着这样一段视野开阔的话：

芥川龙之介是日本"国民作家"中的一位。如果要从明治维新以后的所谓日本近代文学作家中投票选出 10 位"国民作家"，芥川龙之介首先毫无疑问要占据其中一席。除他之外，这份名单或许还会有夏目漱石、森鸥外、岛崎藤村、志贺直哉、谷崎润一郎、川端康成这些名字列入吧。虽然我并不确信，但或许他们后面应该是太宰治、三岛由纪夫吧。夏目漱石毋庸置疑应位居第一。顺利的话，芥川可能会溜进前五名。这样就有九位了，还剩一人我无论如何也想不出了。①

村上将芥川和其他日本作家及一众西洋作家进行比较，论述了芥川文体的杰出和芥川小说流传后世的价值。村上还谈及大正时期民主主义历史背景下芥川对西洋文化的态度，阐述了日本作家在东西洋之间所处位置的微妙，然后在最后写道：

芥川给现代日本作家——我自然也算其中一个——是否留下什么教训呢？自然有。作为伟大的先达，某种程度上也作为有志的反面教师，教训之一便

_____

① 杰伊·鲁宾编：《芥川龙之介短篇小说集》(新潮社，2007年)，第29页。

是即便逃入技巧或人工虚构的世界中，迟早也会撞到坚固的壁垒。(中略)另一应当称作教训之处与西欧和日本文化的重合方式相关。(中略)这对生活在现代的我们而言，也不能完全等闲视之。因为纵令远离芥川生活的时代，纵令时至今日，我们依然置身于西欧文化与日本文化相互争诘的漩涡中。或者使用比较时髦的说法，或许应该说我们依然置身于全球化与家国化相互争诘的漩涡中。(中略)我们生于叫做"日本"的文化环境中，继承了固有的语言和历史，在那里生活，固然不可能完全西欧化或者全球化，但另一方面，我们无论如何必须避免陷入狭隘的民族主义中。这既是历史告诉我们的沉痛教训，也是不可扭曲的原则。①

　　村上的这篇序自然是写给用英语阅读的读者看的，但

① 杰伊·鲁宾编：《芥川龙之介短篇小说集》(新潮社，2007 年)，第 46—48 页。

对日本人而言也具有深度的洞察力，加之我编纂的这套企鹅出版社版短篇集与素来的芥川集不同，所以新潮社将这本 *Rashōmon and Seventeen Other Stories*(《〈罗生门〉与其他十七则故事》）几乎原封不动囫囵个儿地反向引进，早在2007年就以《芥川龙之介短篇集》为题目出版了。这本书也得到引领芥川研究的关口安义与宫坂觉两位教授的认可，使我作为美国的日本文学学者得到一种意料之外的满足感。①

再度一口应承的回复

自那以后，村上积极协助我们向世界介绍日本文学。我1977年在华盛顿大学出版部出版了《三四郎》的译本，企鹅出版社策划再次由我执笔重译，他们对我说还是希望附上村上的序文。因芥川作品的翻译一帆风顺，所以我毫不犹豫地与村上进行了联系。就这样，我再次收到一口应承

---

① "特辑芥川再发现"，《国文学　解释与鉴赏》(2007年9月号)，第10—14页。

的回复。

2009 年出版的企鹅版《三四郎》共 235 页，村上的序占了 14 页。题为"（大约）甘美的青春气息"的这篇文章是村上众多随笔中最优美的一篇。作为作家，作为怀念自己青春时光的个人，作为对漱石的伟大有着切身体会的日本人，也作为综观世界文学的读者，村上春树以饱含情感的文体叙写了《三四郎》的意义。

学生时代，村上对漱石和其他日本作家几乎不感兴趣。他说，在无钱买书的新婚时期，不得已借来妻子的漱石全集，这才第一次认真阅读，留下的印象却是"相当不赖"。

《三四郎》的特别之处在于与漱石自身 22 岁时的回忆纠葛缠绕，所以村上的序"（大约）甘美的青春气息"是一篇洋溢着怀旧而温暖的情调的文章。村上作品中传达这类情调的作品为数不少，特别突出的当属《挪威的森林》。

《三四郎》在漱石作品中所占的位置与《挪威的森林》在

村上作品中所占位置大致相同，村上这样论述道：

> 对漱石而言，《三四郎》是唯一一部作为长篇的"青春小说"，他毕生只写过一部这样的小说，对他而言，应该一次足矣。然而这是一部无论如何都要写上一次的作品。在这种意义上，《三四郎》在漱石作品群中是有着特殊意义的一部。任何一个作家都有那样一篇小说。与之比较也许有点厚颜无耻，但对我而言，《挪威的森林》这篇小说也是如此。我现在既不怎么愿意回首重读，也不认为自己还能再次写出那一类型的小说。然而通过完成那篇小说，我有种前进了一大步的感触，同时还有一种感触是，因为那篇作品的存在，我的其他作品得到实实在在的佐证。我如此设想（就擅自论断吧）：这对我而言是十分重要的感触，漱石对《三四郎》大概也怀着相同的感触吧。①

---

① 夏目漱石：《三四郎》(伦敦：企鹅出版社，2009)，第36页。

与村上论《坑夫》

接下来村上积极协助将日本古典文学介绍给世界的另一些作品中就有漱石的《坑夫》。2002 年在《海边的卡夫卡》中被提及之前，《坑夫》是一部在日本也几乎被人遗忘的作品。它是漱石小说中反响最差的一篇。从明治四十一年（1908 年）在《朝日新闻》上连载第一回开始就评价极差，《海边的卡夫卡》中对世间事情无所不知的大岛这一人物也说："它的内容不怎么像漱石的风格，文体也相当粗糙，照一般说来，它似乎是漱石作品中评价最为糟糕的一篇了，可是……"① 然而，村上在 2015 年 9 月出版的由我重译的《坑夫》的前言中说，在漱石的全部小说当中，《坑夫》是他最喜欢的作品。② 在《海边的卡夫卡》中，卡夫卡君如此说："读完之后莫名感到不可思议，我不知道这篇小说到底要说

① 夏目漱石：《三四郎》(伦敦：企鹅出版社，2009)，第 36 页。
② 夏目漱石：《坑夫》(伦敦：土豚社，2015)，第 11 页。

什么。可是怎么说呢？正是这'不知道要说什么'的部分
不可思议地留在了我的心里。"①

在重译本的序中，关于这部小说的读者所说的"读后
的空白感"，村上做了稍为详细的说明：

"那里面有种与读优质后现代小说时同一类型的、
与沙沙的干渴极为近似的感觉。也许可以称作由意义
欠如产生的意义吧?"②

也许因为读者不怎么喜欢这种"读后的空白感"，所以
《坑夫》的读者很少，然而我认识这部小说的两位热心读者，
一位自然是村上，另一人便是我。

老实说，我第一次翻译《坑夫》是在 1988 年。后来在
1993 年之后的两年里，在我与村上同住在剑桥市的时候，
我记得我俩谈论过《坑夫》。

---

① 村上春树：《海边的卡夫卡》(新潮社，2002 年)上卷，第 182 页。
② 夏目漱石：《坑夫》(伦敦：土豚社，2015)，第 22 页。

那时候村上自然已读过《坑夫》，却记不怎么真切了。在我的拼命劝说下，他马上又读了一遍，说最喜欢的是主人公历尽种种艰辛却依然不改初心。那之后我们再没提起过《坑夫》，2002年我读《海边的卡夫卡》时却遇到了这样的句子："主人公从那些体验中得到了怎样的教训啦，生活方式因而改变啦，深入思考人生啦，对社会的存在方式产生疑问啦，并没有专门写这些。也没有他作为个人成长起来这一类反应。"① 尽管都是些琐事，但我能从中多少体会一点自己影响到村上文学的满足感。

若说到《坑夫》的重译如何被提上出版日程，这也要归功于村上的影响。有位名叫斯科特·帕克的英国编辑是村上的超级粉丝，他甚至将自己儿子的中间名字取为"Haruki"。在他读过《海边的卡夫卡》的英译本之后，涌起对漱石《坑夫》的兴趣，便又读了我从前的英译本，希望面向英语圈中的村上粉丝推出附带村上序的新版翻译。《坑

---

① 村上春树：《海边的卡夫卡》(新潮社，2002年)上卷，第181—182页。

夫》重译本遂决定由这家名叫"土豚社"（Aardvark
Bureau)的颇具个性的出版社于 2015 年出版。

现在我正着手编集企鹅出版社的《近代·现代日本短篇
小说集》。计划于 2017 年出版的这本书中，村上将如何向
西方读者介绍同时代的文学呢？我热切期待着。

和村上共历大难不死的一天

关于越野跑的回忆

在拙著《HARUKI·MURAKAMI 与语言的音乐》的第
2 章中有这么一段：

> 自律。专注力。一旦决定，村上便会干起来。有
> 一次，村上在新罕布什尔州的越野滑雪中从一处有点
> 高度的山丘上往下滑，他失去了平衡，脸栽到了覆盖
> 在冰上的积雪堆上。和他一样缺少越野滑雪经验的同
> 伴明智地选择离开滑雪带走下这处山丘。等他到了山
> 脚，却发现村上已经从上面滑了下来。村上脸上一片
> 茫然，嘴唇上流出血来。可是用棉棒蘸着酒精清理几

下伤口之后，他再次一步一步地爬了上去，一次又一次地挑战，直到能稳稳地从出问题的那个地方滑下来。这是他令人瞩目的意志力的表现。①

出现在这里的"同伴"就是我，所谓"有一次"，是在1995年3月5日。

1993年7月至1995年6月，村上住在马萨诸塞州的剑桥市，在那里写了《奇鸟行状录》的第3部（1995年8月出版）。1993年9月，我从西雅图的华盛顿大学转到剑桥市的哈佛大学，住在离村上住处步行大约10分钟的地方。

一直到村上回日本之前的近两年时间里，我们都能经常见面交谈。关于工作的话题主要围绕我的《奇鸟行状录》的翻译，工作之外，我们还举家一同欢庆过两次感恩节，一起去听过爵士乐，还和许多人举办过派对。

---

① 杰伊·鲁宾著，畔柳和代译：《HARUKI·MURAKAMI与语言的音乐》（新潮社，2006年），第49—50页。

众所周知，村上是一名长跑爱好者，他经常独自沿着查尔斯河跑步，而我的日常运动主要是"竞走"，所以几乎没有一起运动过。后来村上来我在华盛顿州的寒舍玩时，他跑步，我曾甩掉溜冰鞋追赶他。我们还在东京玩过几次壁球，但无论如何，一起越野滑雪是最难忘的经历了。

剑桥波士顿周围冬天冷得很，但想滑雪的话，还是要驱车两小时去北边的新罕布什尔州。说到滑雪，因为滑了一条惊险刺激的下坡，我甚至成了村上笔下"虽然是哈佛老师，一到冬天，脑子里差不多只剩下滑雪"。①

作为长跑爱好者，村上说，需要耐力的越野滑雪比滑降要好。我们俩都没有道具，便一起去波士顿的体育用品店里买。村上干净利落地选好喜欢的道具，我却迟迟定不下来，都让他等烦了，直到20年后的今天我还为此感到抱歉。

那天蓝天碧透，颇有新英格兰的风格，正是越野滑雪

① 村上春树：《忙得不可开交的岁末里车未失盗就好》(*SINRA*，1995年3月号)，第122页。

最为理想的日子。一大早，我们就把道具堆到我的车中，驶向新罕布什尔州的滑雪场。若是滑降，头天夜里积下的软软的新雪最好不过，但作为初级水平的滑降者，要用一种叫做雪道板的器具做成滑雪轨道，将滑雪板嵌在上面滑行，所以雪稍微硬点也无妨。地形也基本平坦，所以与其说是冒险，不如说是体力劳动。村上先上去了，我沿着滑雪轨跟在后面。村上在森林里进进出出，眺望着平坦的风景。（我却在怀念滑降场里的陡坡。）

这样的情形持续了一会儿，地形渐渐变成平缓的山丘时，我开始有点不安。尽管我有过多次在美国西部山脉滑雪的经历，而且最喜欢的就是坐索道登上滑雪场的最高山，从最险峻的山崖上滑落，但在这样一处山丘上感到不安连我自己都觉得有点傻，可是问题在于滑雪装备。

滑雪板边缘装着金属冰刀作刹车用，这样就能随心所欲地控制滑降的速度和方向，而越野滑雪的滑雪板上并没有装冰刀，也就是说，我们就像骑在没有刹车的自行车上。

因此虽说是小山丘，也只能任滑雪板嵌在雪道上，完全交由重力控制了。

滑了一会儿，我们来到刚才引用中的"有点高度"的山丘顶上。村上稍加犹豫便滑了下去。因为速度过快，滑雪板在山脚处脱轨，他劈头栽进了雪堆里。

后面就跟引用中一样了。休息一会儿之后，村上说要再滑一次试试，我吃惊不浅。我试着劝他放弃，他自己却说一定要尝试。我不记得村上反复滑了几次，一直到滑会为止。

危险的瞬间

数小时后我们决定回去，就把装备堆到车上启程了。习惯长途驾驶的村上说自己不累，于是我们来到夏威夷的休息区，换他驾车。这样我就能够彻底放松下来，想来我一定是酣睡了过去。

不知睡了多长时间，醒来时我以为车正自己滑向夏威夷的路边。莫非村上也在打盹儿吗？我猛然从村上旁边伸手抓住方向盘把车正了过来，也许应该说我打算那样去做。

因为事发突然，我没弄清车是否真的滑向路边了，或者那只是我睡得迷迷糊糊之间的臆想。我道歉说："村上先生，对不起。"村上回答："不。"

我们没再说话。我的"对不起"的意思是"我竟怀疑你作为驾驶员的责任，对不起"，村上的"不"意味着"不，没什么事"还是"不，我打盹了，差点把车撞到树上，所以你不必道歉"就不得而知了。我俩一直保持沉默到剑桥，后来也都没再提起那天的事。

总之那是个危险的瞬间。如果村上车开得稳稳的，而我睡意蒙眬地突然抓住方向盘，把车转向奇怪的方向，撞到夏威夷路边的树上，那村上春树的作品或许将以《奇鸟行状录》终结。

如果是村上在打盹儿，我又没有碰巧睁开眼，结果也是一样。我能想象到一则新闻标题：《著名作家与他的译者》。

那是 1995 年 3 月 5 日的事，时逢 1 月 17 日阪神·淡路大地震之后、3 月 20 日地铁沙林事件之前，也是作家村上春树经历中重要的转折点。

倘若没有那之后出版的《奇鸟行状录》第 3 部、《地下》、《地下 2　在约定的场所》、《神的孩子全跳舞》、《海边的卡夫卡》、《天黑以后》、《1Q84》，21 世纪我们所见的世界级作家村上春树想必完全是另一番模样吧。

在译者杰伊·鲁宾的履历中，《奇鸟行状录》、《挪威的森林》、《神的孩子全跳舞》、《天黑以后》、《1Q84》1·2 卷的翻译和著作《HARUKI·MURAKAMI 与语言的音乐》、小说《岁月之光》等也都是 1995 年 3 月 5 日以后的作品。每当想起那天的事情，都会怀念白雪、晴空和村上愉快的运动，同时也难以抑制心里的惊惧。

闭上眼翻译就难以为继

寻找准确表述的语句

读过《奇鸟行状录》第 1 部第 13 章《间宫中尉的长话·2》中下面这段话，我想大概没有读者不感到恶心难受。

> 士兵们用手和膝按住山本的身体，军官用刀小心翼翼地剥皮。他果真像剥桃子皮那样剥山本的皮。我无法直视。我闭上眼睛。而一闭眼，蒙古兵便用枪托打我的屁股，一直打到我睁开。但睁眼也罢闭眼也罢，怎么都要听见山本的呻吟。开始他百般忍耐，后来开始惨叫。①

① 村上春树：《奇鸟行状录》第 1 部（新潮社，1994 年），第 285 页，林少华译，上海译文出版社，2009 版，第 179 页。

这里只不过是描写蒙古将校一点一点活剥日本间谍的皮的开头部分而已，接下来残酷的画面持续了很长篇幅。翻译这段话、将惨绝人寰的日语替换成同等程度惨绝人寰的英语的那些日子至今依然历历在目。

与间宫中尉这位第 13 章中的叙述人不同，我不被允许哪怕有闭上眼一秒钟的奢侈。偶尔去看充满暴力的电影时，看着周围的观众闭上眼睛，我便会想起翻译那段剥皮场景的经历。有时我想和村上本人谈谈这一章，但他根本不想谈及这个话题。他说因为太残酷，会令人呕吐。

不过，作家本人只消写下这一章即可，必须进行翻译的我却不得不忍受比他漫长得多的过程。当然，我并非在说翻译某个文本比写作它更需要专注力。

自不待言，原作者需要整体想象塞满每个角落的细节，而要说翻译是最强烈的阅读方式也不算言过其实。以上述剥皮场景为例，如果读者恶心到无法忍耐，便可眯上眼或者跳读，还可以不读，但翻译的时候如果闭上眼睛，那个士兵便会用枪托不停地殴打译者，直到他睁眼为止。

翻译文学，不是单单被动地理解原著书上写的内容，译者还要积极地想象作家塞入的所有细节，也就是所有的视觉心象、声音、气味、感触、味道，寻找能用本国语言中尽可能准确表述的语句。

如果是技术性资料，不用考虑内容的机械性翻译或许可行，但文学不能那样进行。说文学翻译上所需的时间大多数情况要长于原作者也并不为过。特别是碰到血腥的场面，坐到电脑前往往都会感到痛苦。性描写场面有时也会有另一种意义上的痛苦。翻译令人欢喜的文章时，那一天也会变得愉快。

翻译芥川龙之介的《忠义》这一类时代物语的经历惊悚刺激。因为他的文体特别难，所以读者通常花 20 分钟就能读完的短篇会一连几日盘旋在我的头脑中，给我一种观赏武士电影般的意趣。

我翻译日本小说已有 45 年之久，可能是因为把大脑用在这种缓慢推进的细致操作和同时要调动大脑兴奋的过程中之故，脑髓的神经线连接似乎大为改变。将日语改写为英语时，因为要从日语原作中榨出最后一滴"果汁"，所以感觉只用自己的母语读文学有点意犹未尽。

我的日语能力无论如何都难以匹敌我的英语能力，所以颇闹了点笑话。我的英语阅读速度算是比较慢的，但再怎么全神贯注逐一仔细欣赏英语文本中的意象，也还是没有翻译时细细品味日语文本的速度来得更慢。而仅用英语阅读，因不需努力将文本替换成不同的语言，也会感觉失落。

那种探索将文本转换成不同语言的方法的努力才是翻译中的大半乐趣。特别是处理词汇、音声、措辞、句子结构诸方面极端不同的英语与日语时，译者如不能在某种程度上成为发明家，便不能将原作的神韵与意向充分传达给读者。或许将发明称为翻译全过程中的醍醐之味也不过分。

我绝非想说译者就是创造者。我的意思是，莫如说是解释者更为贴切，但也有成为发明家的时候。

名词的单复数之别

村上作品的读者或许认为，在像他这样主要受美国影响的现代作家的作品中，译者可能存在发明的余地。自不待言，村上作品中有诸多爵士乐、摇滚音乐或美国作家登场，文章结构与遣词本身也有许多明显的英语化，因此他的文体经常被形容为"黄油味儿"。

翻译村上小说《1Q84》BOOK1 与 BOOK2 时，他的文体依然带"黄油味儿"，同时还必须着力应对始终折磨着以日语为对象语的译者的各种问题，也就是说，还必须着力应对从 15 世纪的能乐舞台一直到涉及《源氏物语》的叙述问题。

举一个简单的具体问题，日语中无名词的单复数之分，村上像使用日语单词一样使用英语单词时，问题就会变得复杂。就连与雷蒙德·卡佛、约翰·欧文、斯科特·菲茨杰拉德等作家渊源深厚的村上都没有明确区分单复数。

例如村上关于爵士乐音乐家的两册随笔集《ボートレイト·イン·ジャズ》(《爵士乐群英谱》)刊发时，一如一众其他作品，村上给加了英语副标题"*Portrait in Jazz*"。我想，这样做，封皮会比单纯的日语题目更酷。如果要把这本书译成英语，题目必须要改成表示文中爵士乐音乐家的肖像画的复数的"*Portraits in Jazz*"。村上原题目中的"ボートレイト"(中文为"肖像画"、英语为"Portrait")被作为日语使用时既可用作复数也可用作单数，这便是一个很好的例子。

《1Q84》中被认为是超自然存在的"リトル·ピープル"(中文为"小小人"、英语为"Little People")成群登场。当他们作为一个集体做同一动作时没有任何问题，可是他们中的一人作为个人说话或行动时，翻译问题就出现了。例如：

"你给我们办了件好事。"声音低的小小人说。

要将这里译成英文，就必须在"声音低的小小人"后面加上下面的表达，才能传达出"小小人中的一人"（One of the Little People）这一微妙差异。

You did us a favor，says one of the Little People with a small voice.（2：403/tr. P. 535/UK 566）（"你给我们办了件好事。"其中一个小小人压低声音说。）

《1Q84》中的某个人物确信天空上有两轮月亮。一轮是平时的黄色大月亮，另外一轮是偏小偏绿色、扭曲了的月亮。看见两轮月亮的人当然想要询问别人是否也能看得见，却又担心被人看作脑子出了毛病，犹豫着要不要确证这一事实。因此，两轮月亮就成了疏离感，也就是不可能对他人敞开心扉倾诉的疏离感的象征。

在日语中，登场人物谈到月亮时可以不必明确看见的是一个月亮还是两个月亮。有段名叫青豆的女人对名叫天吾的男人不挑明理由却提醒他留意月亮的简短对话。接下来，天吾在和青豆的通话中突然说了句"今天的月亮很美"，吓了青豆一跳。而下面的几行话因这种语言单复数的模糊性得以成立：

　　"今晚的月亮很美。"

　　青豆在电话话筒边微微皱眉，问："为什么突然说起月亮？"

　　"我也偶尔会聊聊月亮的嘛。"

　　"当然。"青豆说。不过你可不是那种没有任何必要，却在电话里谈风花雪月的人。

　　天吾在电话一端沉默片刻，开口说道："上次你在电话里提起月亮，还记得吧？自那以后不知怎么，月亮就在我脑中挥之不去了。于是刚才我看了下天空，澄澈无云，月亮很美。"

　　那么有几个月亮呢——青豆差点脱口问道，却又忍住了。这太危险。①

我最后把这里的"月亮"替换为"moon-viewing"，省略掉"月亮"一词，以解决单复数问题。

［Tamarn said，］"It's a nice night for moon-viewing."
［月亮→赏月］

Aomame frowned slightly into the phone. "Where did that come from all of a sudden?"［省略"月亮"］

"Even I am not unconscious of natural beauty，I'll have you know."［省略"月亮"］

"No，of course not，" Aomame said. *But you're not the type to discuss poetic subject matter*（风花雪月）*on the phone without some particular necessity，either.*

After another short silence at his end，Tamaru said，"You're the one who brought up moon-viewing［月亮→赏

---

① 村上春树：《1Q84》BOOK2（新潮社，2009 年），第 62 - 63 页。

月〕the last time we talked on the phone，remember? I've been thinking about it〔月亮 → it = 赏月〕ever since，especially when I looked up at the sky a little while ago and it〔省略"月亮"；it = 天空或整体状态〕was so clear—not a cloud anywhere."

Aomame was on the verge of asking him how many moons〔复数〕he had seen in that clear sky，but she stopped herself. It was too fraught with danger.（tr. P. 343/UK 365）

　　与古典典故出处相关联的另一翻译问题点在于这场关于月亮的对话中英语斜体字部分的暗示。如村上所有的小说一样，这部小说中也有很多内在独白。英语中多通过使用斜体字、利用打字技术就能简单进行暗示，但如爱德华·福勒(Edward Fowler)在1992年出版的研究专著《忏悔的修辞》(*The Rhetoric of Confession*)中缜密证明的那样，内在独白与外在独白的区别、第一人称与第三人称的话语区别在日语中都是非常含糊的。正是因为这种含糊性，谣曲的话语方式才得以成立。

在能乐中，登场人物能够叙说自己的台词或讲解自己的行为，因此，在《船弁庆》中，出演义经的演员一直在说着自己的台词，却突然跳转到旁白的话："那时候义经纹丝不乱。"而接下来地谣①又从他那里接过旁白的话，接着讲述义经的行动："那时候义经纹丝不乱，拔出了兵器。"即便如此，也不会感到丝毫不可思议。

明治时代的小说家泉镜花（1873—1939）对能乐的舞台语言造诣深厚，他的陈述语气在登场人物的头脑中进进出出，很难正确翻译。

但是，就算在《1Q84》这样的现代小说里，也有在不求助于区分标点符号或者大小写等打字技术的情况下，出其不意地在登场人物的第一人称"我"到第三人称"他"之间进进出出的长段落。我有好多次问村上这里该用第一人

---

① 能乐中的伴唱，作用类似于旁白，唱出场景或人物内心独白，通常由6—10人组成。

称还是第三人称？他的回答必定是"你看着办吧"。

我觉得"看着办"一词最终道出了译者工作的全部。翻译工作就是用自己的语言、用自己认为适当的手法，尽可能地让读者体味到最接近原文的文学经验。当然，没有人知道在客观意义上"能做到"什么。最为关键的原因在于翻译是建立在译者的主观体验之上。

那么，文学翻译者的作用是什么呢？大概就是从原文本中撷取最大限度的喜悦，与读者分享想象上的经验吧。这个过程对于翻译家来说是极为主观的。然而，不正是通过它，成千上万的读者才得以一窥用它以外的办法无法触及的世界吗？

被无意识与偶然创造的"象之长旅"

伯恩鲍姆的英译

村上作品今天在全世界范围内被阅读,他在本国被认为是文体高妙的作家,然而,村上自身写下的语言丝毫无法传达给阅读被译成外语的作品的读者们。说它理所当然自是理所当然,我想,讽刺的是,以语言为生命的人(即小说家)若是希望在日本以外被阅读,便必须十分依赖他人(即译者)的语言。如果翻译的文体不佳,原作的文体无论如何高妙,也无法在国外被阅读。

在这个意义上,村上作品的国际人气要很大程度上仰仗阿尔弗雷德·伯恩鲍姆先生的翻译。最初吸引英语圈读者兴趣的就是伯恩鲍姆先生《寻羊冒险记》的灵动翻译。之后，《世界尽头与冷酷仙境》和《舞！舞！舞！》都被译成活灵活现的英文，村上春树的人气益发高涨开来。

若不是美国出版社通过伯恩鲍姆先生的英译对村上作品产生了兴趣，或许我永远都不会读村上作品。正如本书开篇所述，我第一次读村上作品是在 1989 年夏天，起因是来自犹豫要不要推出《世界尽头与冷酷仙境》翻译的美国佳酿(Vintage)出版社的拜托，出版社希望问问能读日语原文的人这本小说是否值得翻译。

我力劝应该翻译，但佳酿出版社当时还是决定不推出（现在他们已出版了村上全部作品的平装本）。当时伯恩鲍姆先生已经翻译了村上全部的长篇小说，短篇翻译尚少，所以我获准许可翻译其他短篇，开始译《象的消失》、《再袭面包店》和《眠》等作品。

后来，遇到喜欢的作品想翻译，我习惯直接拜托村上，而不可思议的是，我从未收到过"这个伯恩鲍姆先生译过了"的回答（《托尼泷谷》）。据村上说，伯恩鲍姆先生也从未遭遇"这个鲁宾已经译过了"的回答。这就证明,尽管我们二人都是村上作品狂热的读者,志向却完全不同。不过这个话题并未就此落定。

当时,美国的一流出版社科诺普出版社提出出版村上的短篇集,伯恩鲍姆先生和我的译稿均被寄送过去,编辑分别选定伯恩鲍姆先生译的9篇和鲁宾译的8篇(二人原稿当然完全没有重复)。

书终于问世了,报纸和杂志上开始出现书评,评论家们无一例外地或者只谈及伯恩鲍姆先生的译作或者只提到我的,没有人两方均涉及。这无疑也在无意识中反映了两位译者的志向差异。

而《象的消失》(使用 *The Elephant Vanishes* 中的同名短篇为题)这一短篇集的编纂过程中,我经常被询问和伯恩鲍姆先生分别承担了哪些工作,但我只能回答编辑加里·菲斯凯特约翰根本没有与译者商量,完全根据自己的喜好编成。

《象的消失》最终被编纂成这种形式,原因无他,而是许多人的品味与偶然，也就是在无意识的力量下完成的。我想，在这两种意义上，这都是好事。

现在还活着的作家的文学很难存在"定评"，因此，学者兼译者无论多么希望从这位作家的作品群整体印象出发进行判断，断定某一作品的意义及重要性，选择能永世流传的作品进行翻译，因其作品群自身始终在发生变化，所以与其说他依赖的是客观判断，莫如说是依赖个人主观喜恶、亦即自己的品位。这很可怕，同时也很刺激。

自己花很长时间费尽心血翻译的东西或许半年时间就无人读了，而且在后世看来，或许还会被嘲笑明显漏掉了名篇，选择了劣作。然而，翻译活着的文学，也可以让自己无限参与到自己连续无意识和偶然的创作过程中去，可以品味到这一独特的刺激。

"井"的意象

翻译村上小说的工作中，我越来越感觉无意识和偶然格外重要。从成名作《且听风吟》起，村上文学中开始频繁出现走廊与井的意象，承担着现实世界通向无意识世界通道的作用。作品中的人物希望通过这一通道进入自己人性的内核，或者反过来，完全被遗忘的记忆通过通道猛然再现，停留在极度不可思议的现实性上。

在我 1997 年完成的英译本《奇鸟行状录》中，主人公冈田亨长时间待在井中，探索自己的记忆和无意识世界。这本由 3 部构成的长篇小说的第 2 部第 5 至 11 章中，主人公始终坐在井底。他在井中从第 89 页待到了第 181 页，将近 100 页中除了思考什么也没做。第 3 部的高潮场景也在井中上演。

村上建议我考虑翻译《奇鸟行状录》时，第 1 部尚在月刊杂志《新潮》上连载，还属于根据作品群的整体印象无法判明作品重要性和意义的阶段（也就是作家自身大概也不清楚小说大部分内容会是怎样的阶段），而我必须回答"Yes"还是"No"。我欣然答应"Yes"，开启了 3 年之久的持续冒险。作为学者，我虽然同时也写作家评论，但作为译者，这种经历越发让我对文学的无意识力量心怀敬意。

英译短篇集《象的消失》1993 年出版，从此村上的象开启了国际性长旅。2003 年 6 月 4 日，坐在世田谷大众剧场的我为象之旅——这一超越时间、超越语言、跨越两片海域、超越文化，然后又返回原点的旅行错愕不已。

村上的小说《象的消失》1985 年在东京出版，1991 年我在波士顿翻译它，同年 11 月 18 日在杂志《纽约客》上登载，1993 年和村上其他 16 篇短篇合起来，由前面说的科诺普出版社以 *The Elephant Vanishes* ① 为题在纽约出版。必定是 1993 年至 2003 年的某一天，英国表演艺术家西蒙·迈克伯尼（Simon McBurney）用英语朗读了《象的消失》。后来，他和日本演员们将 17 篇短篇中的 3 篇，用迈克伯尼既不可能阅读也不可能理解的村上自己的语言搬上了舞台。

结果，它成为一部大胆、现代，且运用多媒体技术的

---

① 象的消失。

作品，我由衷感觉它忠实到令人吃惊地表现了村上原作中的现代都市精神，同时也汲取了日本传统艺能——能乐的特色。

若非英国人迈克伯尼担任《象与罚》这一舞台剧主要的创造性指导，只怕我未必会对作品中看到的传统艺能要素如此惊讶。日本的传统艺能与其说是拟态化，不如说它是建立在物语、舞蹈和歌唱之上的表演，是将文本在视觉和听觉上表象化。在歌舞伎中，这种表象既有国际感又有绚烂华丽感。在能乐美学中重视最小化，舞蹈也停留在简素抽象层面，拟态的动作仅是将舞蹈格式化的延长，同时文本的咏唱又成为这一切的基石。

相似的美学也可以在《象与罚》中找到。与其说《象与罚》进行了拟态化的描述，莫如说它将村上的语言想象性地格式化，而且仅表现为最小限度的视觉和声音。舞台的成果接近观众作为读者各自的个人体验，而在观众席上我们又能够进行共享。村上曾经说过："能和情感与共的人尽情

与西蒙·迈克伯尼先生在世田谷的"大众剧院"中

谈论喜欢的书，是人生最大的喜悦之一。"①

当我们思索村上笔下的象之长旅时，《象与罚》带来的共通的"喜悦"益发显著。

象之长旅至此依然没有结束。2005 年 3 月，当村上在海外的业绩跋山涉水来到日本时，新潮社刊发了最初以英语版问世的短篇集 *The Elephant Vanishes* 值得纪念的日语版《象的消失》。封皮上称赞道：

---

① 村上春树：《写给年轻读者的短篇小说指南》(《文艺春秋》，1997 年)，第 241 页。

"纽约选出的村上春树初期短篇17篇,以与英文版相同的作品构成回馈读者。"

通过这一反向引进,1985 年启程的象终于回到了本国。

《岁月之光》里村上的影响

从未注意日本现代文学的我

读者朋友们想必认为我是在翻译多年村上作品之后才写下小说《岁月之光》的，所以别人问我村上文学给所谓鲁宾文学带来什么影响大概也在情理之中。而且要探寻这一要素的话，也并非不存在。

例如，日语译为《日々の光》(《岁月之光》)的原作名为*The Sun Gods*，美国版的封皮上是招财猫的图片，阅读小说内容，不仅早在第 16 页就能看见招财猫露面，而且招财猫还是设定在 1959 年的第 1 部和设定在 1939 年的第 2 部的重要衔接点，在小说后来的章节中它也频频登场。

众所周知，村上春树的作品中经常出现猫。特别是我

1997 年翻译的《奇鸟行状录》中，故事以寻找失踪的猫开场，猫同时还是主人公与妻子结婚的象征。猫失踪之后不久，心爱的妻子也不见了。

像这样，一个人物，特别是女性没留下任何解释就突然失踪也是村上文学的主要主题之一。主人公寻找失踪的女性屡屡成为故事的中心。

不仅如此，音乐在村上小说中也扮演重要角色。例如在《世界尽头与冷酷仙境》中，一曲《丹尼男孩》（*Danny Boy*）成为通往主人公心灵的入口，而在《岁月之光》中，《五木摇篮曲》担负着唤起主人公心灵最深处记忆的任务。

结论似乎无可回避，也就是说，我的小说受到村上的影响，向他的小说（说好听点）借用了猫、失踪的女性和音乐的主题。

然而，事情并没那么简单。老实说，2015 年出版的《岁月之光》是在 1985 年动笔、1987 年完成的，当时我连村上春树这一名字都不知道。提起 1987 年，那正是村上春树因《挪威的森林》名声大噪的时候，而本应专门研究日本文学的我却连这一名字都不知晓。若是国木田独步、夏目漱石、岛崎藤村、森鸥外，我便十分熟知，但在当时我几乎从未注意过日本的现代文学。

从时间上来说，村上作品当然对《岁月之光》毫无影响，但另一方面，我1985年动笔的小说直到2015年都没见天日，某种程度上也要归咎于村上春树。

这种挑衅式的说法需要我来解释一下。也就是说，我1987年写完的小说在当时几乎没有出版社问津。我想原因有很多，总之，他们似乎对写二战时美国的日裔强制收容所的小说不怎么感兴趣。所以我虽然遗憾，却不再对书的出版抱什么希望。我将保存小说的FD软盘束之高阁，开始着手其他工作。

到1989年，所谓"其他工作"主要就是埋头于村上作品，阅读、翻译、解释之类。即便在大学的课上，不让学生读村上以外的作品也有10年以上了。因为对村上的作品如痴如醉，几乎把自己写的小说忘到脑后了。所以我说那本小说很长时间没能出版要怪村上大概并不过分。

当然，说是"忘了小说的存在"，脑子里也还是记得一点的。特别是到了二战结束后50周年、55周年和60周年，我曾突然记起它，然后和老婆说："啊，今年该出版了。"然而，书的出版不是一蹴而就的事情，想起来的时候已错过了时机。

为《岁月之光》签售来日时，在吉元由美女士主持的"和歌学习会"上

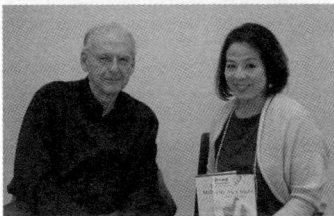

终于等到临近 70 周年之时，我凑巧又想起这部小说，找出从前的软盘，转换成用现在的电脑可以阅读的格式，重新读原稿。读着读着，我自己都感动起来，醒悟到二战结束 70 周年以后自己不知还能活多久，所以我下定决心：这次即便自费也要出版。

　　与 1987 年我被拒稿时相比，美国对强制收容的关心范围已扩大很多，社会整体气氛完全不同也是重要原因。着手自费出版之前，我抱着最后一线希望，拿给规模虽然较小，但出版过相当不错的书的西雅图出版社"音乐·印刷"看，竟然很快收到 OK 的喜讯，紧随其后，新潮社爽快答应出版日语译本，于是 *The Sun Gods* 又成为了《岁月之光》。

传递人的切身情感

　　谈到《岁月之光》的内容，因为是太平洋战争物语，里面有不少阴暗面。大概可以说，人类经验中没有比战争更阴暗的一面了吧。如果再是掺杂着人种歧视和偏见的战争就越发不堪了。这并非新的发现，追溯到室町时代中期，在一首名为《田村》的童谣中，竟对杀敌二法则娓娓道来。首先，这是因为杀人者自身根深蒂固地不认为敌人是人，还有就是认为杀死并非人类的敌人是依靠神的力量。

《田村》的作者已失传，但因为是世阿弥时代的作品，无疑深受世阿弥的影响。我想，就说成是世阿弥所写也无大碍。总之，《田村》中的英雄并非别人，正是日本第一位征夷大将军坂上田村麻吕，而田村麻吕的敌人好像是住在铃鹿山的山贼强盗之流，从历史角度看他们当然是人，但在童谣中却被说成恶魔野鬼。挥师征讨这种恶鬼之前，田村麻吕都要拜观音菩萨。如观音展露笑脸，则不仅会送奔赴战场的田村麻吕一程，而且假如数千恶魔骑着马喊杀声惊天动地地杀过来，千手观音还会飞临己方军队的战旗上。

　　千只御手，

每一只都握着大悲之弓，

智慧之箭蓄势待发。

一旦射出，

千支利箭如雨如霰自天而降，

落向恶鬼头上。

利箭所向披靡，

恶鬼片甲不留。

（中略）

敌之灭亡，

乃是观音佛法之力。

　　童谣就这样以田村麻吕的胜利结束。但我首先质疑的是，只有千只手的观音菩萨如何能一次射出千支箭？充其量五百只左手只能拿五百张所谓"大悲之弓"，五百只右手射出五百支"智慧之箭"不就已经是极限了吗？况且观音菩萨本应在作为和平宗教的佛教中占据第一和平神的位置，如何会如此积极地参与战争呢？这也令我费解。听到"大悲之弓"、"智慧之箭"之类说法，我立即联想到根据欧洲中世纪战争题材拍摄成的电影《巨蟒与圣杯》中出现的"神圣手榴弹"一词。

这部英国喜剧电影也好，室町时代中叶的童谣也好，描写的都是中世纪的战争，但即便是近现代的战争中，也存在类似这样的人性否定和宗教滥用。读一下约翰·道尔（John W. Dower）教授的《无情的战争——太平洋战争中的人种歧视》也可以了解到，当时的美国人和日本人相互把敌方冠以鬼、动物、虫豸之称，彻底否定对方的人性，并且双方都诉诸自己的神明，祈祷战胜敌人的力量。

在美国，这种人种歧视模糊了远在日本的敌人和身在本国、已明确成为美国市民的日裔之间的区别，使得日裔成为战争的另一牺牲品。政府完全无视美国宪法，于1941年12月的珍珠港事件发生5个月之后，将12万人之众的日裔作为囚犯送到沙漠中的强制收容所，直至战争结束的

1945 年（有的到 1946 年）。

之后过了 40 年，美国政府于 1983 年公开承认自己犯下的罪行。卡特总统任命的委员会同年提交了长达 467 页题为"被拒否的个人正义：日裔强制收容所实录"的报告书，指责强制收容所乃"不具备军事必要性、基于人种歧视的不当措施"。1988 年，里根总统在《市民自由法》（又名"日裔美国人补偿法"）上签字。

在这份文件中，政府正式对被强制收容的日裔美国人谢罪道："针对侵害日裔美国人基本自由和宪法保障的权利，联邦议会代表国家谢罪。"政府支付现存者每人相当于 2 万美元的损害赔偿，并且将针对日裔美国人和日本人的强制收容列入美国国内学校的教育内容，设立总额 5000 万美元的教育基金。

损害赔偿金如实支付了，但教育基金还没使用就被以政治上的理由逐渐收缩，至 1998 年终于被完全取消。到今天，特别是在西海岸的高中里，关于强制收容的教育多少还在进行，东海岸却好像没那么重视了，碰到对此一无所知的人也不足为怪。

2015 年是战后 70 周年，美国知名报社记者兼历史学家理查德·里弗斯(Richard Reeves)搜集了大量强制收容资料，出版了名为《恶行》(*Infamy*)的作品。美国人听到"Infamy"一词，便会联想到日本袭击珍珠港翌日，罗斯福总统在国会前的演讲开篇。

> "昨天，1941 年 12 月 7 日，我们必须永远记住这个耻辱的日子，美利坚合众国受到了日本帝国海空军突然的蓄意进攻。"

"Infamy"一词相当于这句话中的"耻辱"，里弗斯书名背后的意思是说，这场战争真正的耻辱与其说在于日方，不如说在于美国人背叛了国内的日裔。里弗斯也是一位写了《肯尼迪总统》、《尼克松总统》等被广泛阅读的畅销历史书的作家。这样一位与日本或日本学、日裔美国人毫无直接关系的历史书籍大作家这样写，因而也可以说强制收容所事件成为了美国主流历史的一部分。在这个意义上，里弗斯的《恶行》可以称作一种划时代的现象。该书日文译本尚未出版，但它将成为了解那一时期历史的绝佳出发点。

《岁月之光》与里弗斯的《恶行》几乎同时出版或许并非偶然，它也许可以称作时势使然或者历史潮流吧。总之我想，可以说接受了这一故事的人的意识到战后70年时终于形成了。《岁月之光》虽然也是基于历史事实，但因为是小说，所以主要目的不在于叙述事实，而在于传达经历了那一波澜万丈的时代而活下来的人的情感。我自认为是把能用肌肤感触到，而非依靠思考理解作为目标去写的。倘若读者在分享故事的同时也能稍微了解那个时代，便是我作为作家的无上欣喜了。

活着的作家与死去的作家的翻译对比

——以村上与漱石为例

对村上进行问题轰炸

翻译在世作家的作品时，最有利的一点就是可以直接请作家对不明之处进行解释。我做惯了国木田独步和夏目漱石的翻译，所以 1990 年前后乍一着手村上春树的翻译时，颇得到一种新鲜的惊喜，因为我有可能向作家直接询问某个句子的意思、特定语言的选择和名词的单复数了。

《奇鸟行状录》是我翻译的第一本村上长篇小说，翻译到最后阶段时，我碰巧在日本，便带上整部作品的问题清单，来到村上在东京的办公室。我从 1993 年 3 月开始翻译这部由 3 卷构成的小说，到 1995 年 12 月 23 日当天，问题整整攒了 30 页。无论对作为译者的我还是对作家村上，将这份详细的问题清单带过去都是大错特错（特别是对作家而言）。那天从早到晚我都让村上落得被问题轰炸得狼狈的境地，直到午夜 11 点多终于结束，我俩都累得精疲力尽。对通常早上 4 点半起床、晚上 8 点半睡觉的村上来说，让他重新思考几个月，甚至几年前写的文章简直无异于一场拷问。

在那折磨人的一天里，我向村上问了如下问题：

1. 《奇鸟行状录》中，水的意象很重要。第 1 部第 3 章中，形容主人公冈田亨的领带图案为"水珠花纹的领带"，既然作家特意强调"水珠形状的水"，"水珠形"通常译作"polka-dot"，体现不出水的感觉，所以村上先生会不会认为用"water-drop pattern"代替"polka-dot"更好一点呢？

村上回答说，使用"polka-dot"就可以。

2. 第 2 部第 2 章中出现的"围墙"一词，既可以译作石头和砖瓦砌成的"wall"，也可以译作木板挡成的"fence"，您觉得哪种感觉更贴切？

村上回答"fence"。

3. 第2部第7章中出现的民谣歌手"戴着茶色塑料框眼镜",而同一人物在第2部第17章再出场时,"戴着黑色塑料框眼镜",作家是特意更换了颜色吗?

村上回答说,两次都应该译作"black"。

4. 英文中没有汉字,所以人名必须用罗马字标示,可是第2章中登场的"幸江"这一名字应该读"SATIE"、"YOSIE"还是"YUKIE"?①

村上回答"YUKIE"。

整整一天都疲于应对这些琐碎问题,感到厌烦的村上叹了口气,说:"说到底,小说差不多就行了。"如今我知道不能把这些拷问加诸作者,所以有了问题,我会遵照逐一通过邮件询问的方针。

那天的事情暂且不论,村上是在世作家这一事实在不

_____

① 译者注:日语中同一汉字有多个发音,"幸江"作为名字通常有"SATIE"、"YOSIE"和"YUKIE"三个读音。

同的意义上影响了我的翻译。村上自身就是译者，所以刚开始我担心村上可能会用译者的眼光对我的译文中的遣词造句有诸多挑剔，但我很快就明白，这种担心没有必要。

也就是说，那一时期村上评价自己的小说译文的方法不是严密对照两种文本，而是只读英文，以此判断作为英文小说的译文是否有趣。我非但没有受到原作者的横加挑剔，甚至"有趣"这一简单反馈让我有几分不满。这与朋友翻译法语小说时总是和原作者就语言使用问题激烈争论的经历极端不同。村上说讨厌重读自己的作品，原因在于净发现缺点。他说，自己被翻译成异国语言的作品读起来就像他人的作品，可以单纯地欣赏。

不过，翻译掀起创纪录热潮的《挪威的森林》时，事情就完全不同了。可能是因为村上发现，在日本成为超级畅销书的《挪威的森林》也有可能在西洋达到同等规模。他必定是认为自己也有责任保证尽可能不要出错，于是他这才第一次对照英译本和原文文本，发现好几处误译，比如第

2章：

　　直子生我的气，想必是因为同木月见最后一次面说最后一次话的，是我而不是她。我知道这样说有些不好，但她的心情似可理解。可能的话，我真想由我替她去承受。但毕竟事情已经过去，再怎么想也于事无补。

　　最初译这段话时，我将"かわってあげたかった"（真想由我替她去承受）错看成"わかってあげたかった"（真想理解她的心情），于是把下面的译文交给了村上。[1]

Naoko might have been angry with me because I, and not she, had been the last one to see Kizuki. That may not be the best way to put it, but I more or less

---

[1] 村上春树：《挪威的森林》上卷（讲谈社，1987 年），第 43 页。

understood how she felt. I wanted to understand how she felt. But finally，no matter what I wanted to feel，what had happened had happened，and there was nothing I could do about it. （直子生我的气，想必是因为同木月见最后一次面说最后一次话的，是我而不是她。我知道这样说有些不好，但她的心情似可理解。可能的话，真想理解她的心情。但毕竟事情已经过去，再怎么想也于事无补。）

村上立即指出了我的错误，所以我将文本改成了下面这样：

Naoko might have been angry with me because I，and not she，had been the last one to see Kizuki. That may not be the best way to put it, but I more or less understood how she felt. I would have traded places with her if I could have，but finally，what had happened had happened，and there was nothing I could do about it. （直子生我的气，想必是因为同木月见最后一次面说最后一次话的，是我而不是她。我知道这样说有些不好，但她的心情似可理解。可能的话，我真想由我替她去承受。但毕竟事情已经过去，再怎么想也于事无补。）

不过，村上跟我致歉，仿佛错误起因是他一样。他解释说，都是因为"かわってあげたかった"没有使用汉字来写，才导致我错看成了"わかってあげたかった"。

读者与作者之间的心有灵犀

村上之外我碰过面的日本作家中，真正翻译过的只有野坂昭如（2015 年）一人。他的作品《美国羊栖菜》发表在短篇集《现代日语文学》（*Contemporary Japanese Literature*）

中。记得是这本书出版前夕，当时并非为了校对翻译，而是负责商谈翻译版权的经纪人劝我说见见原作者也挺有趣。我们约好在银座的德国餐馆洛迈尔见面，然而我和经纪人到了洛迈尔一看，根本没有像野坂先生派头的人影。我们落座，等了一个多小时，经纪人突然说得打个电话过去，那当然还是没有手机的时代，她必须去找公用电话。

回到座位后，她为难地说，野坂先生在银座另一家有名的德国餐馆凯泰尔。我未曾有过机会确认是谁的失误，总之我们到达凯泰尔时，野坂先生已喝得酩酊大醉，看上去颇为不满。那晚的事情我不怎么记得了，他指着地板上的蟑螂，怒气冲冲地骂个不停，说人比蟑螂强不了多少，只有这一幕历历如在眼前。回去时，他给了我好几本自己的书，但我一本没再翻译。这一次，我和活着的作家的交往进展不顺。

村上之前，我主要翻译的作家是夏目漱石。夏目漱石在我出生 25 年之前就已作古，所以别说邮件了，连通过传真和电话联系都没有可能。话虽如此，也并非没和他联系过。1974 年前后，我一边翻译《三四郎》，一边认真思考他的文体。以母语日语做研究的日本学者不必将作品译成别的语言，所以不必像译者那样思考文体细节，可是我希望更准确把握漱石思维的愿望很迫切。

和不欢迎脚注、解说之类学术手段的商业出版社出版的村上的翻译不同，因为《三四郎》由华盛顿大学出版部出版，所以我可以就漱石的文体加上自己的解说。重点在于我的结论：漱石并非靠直觉写作的小说家，而是刻意选择细微意象的作家。例如下面这段话：

　　作为广泛研究西洋文学、美学和心理学之后才开始创作自己的小说的作家，漱石运用光和色彩等细节，通过具体的意象来表现作品宏大的主题。白骑士、黑骑士、红色信号灯、绿色信号灯等司空见惯的色彩在漱石发明的象征体系中发挥了重要作用。

我确信漱石在有意识地操控自己的文学要素。我想，在他的学术性著作里也能找到证据。写《三四郎》的前一年1907年，漱石出版了著作《文学论》。在第一编第二章《文学内容的基本成分》中，他对"简单的感觉要素"进行了说明，涉及"触觉"、"温度"、"味觉"、"嗅觉"、"听觉"、"视觉"、"光芒"、"色彩"、"形状"、"运动"等等。

　　在"色彩"上面，漱石援引德国心理学家、哲学家威廉·冯特（Wilhelm Wundt）的学说，他说："根据冯特的学说，'白色唤起华美、绿色唤起安静的欢乐、红色与势力相通'。①"在《三四郎》之后的作品《从那以后》中，漱石甚至借用叙述者之口，这样论说红色和蓝色给人带来的心理冲击："生活中两大情调的发现，除此两种颜色之外别无其他。②"在《三四郎》里，危险的现实世界总是被涂上红色，安全的地方则是蓝色。代表着主人公朴素的世界观的景象中，这两种颜色被巧妙地点上白色光点，和谐地调配在一

① 《漱石全集》第14卷（岩波书店，1995年），第43页。
② 同上书，第6卷，第68页。

起。然而当和谐的景象崩溃，用黑色阴影遮挡整幅画布也是不得已。

能够佐证这种"发现"色彩象征性运用的资料在日本并不能轻易找见，而我也无法向漱石本人求证他是否认可我的见解，所以挫折感日益加剧。那一年我在杰出的漱石研究专家、东京工业大学教授江藤淳先生门下做研究，先生对我说，他不在校期间我可以自由使用他的研究室和漱石藏书。

那天下午，我在先生书桌前坐定，在先生的漱石藏书的包围中专心对付这一问题。假如这个世上存在与漱石灵魂接触的场所，那就只有这里，这样的念头在蔓延。于是我长时间坐在那里，以正常时间难以想象的精力专注于漱石，向漱石敞开心扉。不记得在那里坐了多久，日暮时分，研究室暗下来，我一直坐到四下完全变黑，然而在这村上式的黑暗中，漱石和漱石的灵魂却始终没有出现。

我不相信有幽灵、神或者其他超自然的存在，今后大概也不会相信，所以这个尝试大概从一开始就注定以失败告终。然而，即便我不相信存在超自然现象，但我依然坚信如漱石所言，对一位作家的作品完全敞开心扉，读者和作者之间便会心有灵犀。漱石1907年从东京帝国大学辞职、进入朝日新闻社，在那年的演讲《文艺的哲学基础》中，他做了这样的说明：

> 我们意识的连续和文艺家的意识连续如不能达到某种程度的一致，就不可能实现所谓"享乐"。所谓"还原式感化"是唯有基于此种极度一致才会产生的现象。（中略）对于文艺作物，在忘我忘他的意境中无意识地（不为"反省式"之意）希望获得享乐的过程中，时空消失，只剩下意识的连续。（中略）如此，哪怕百人中只有一人甚或千人中只有一人，能够在某种程度上对该作物取得意识的一致，倘若能向前一步，与该作物内部闪现的真、善、美活力碰撞，给未来的生活

留下难以磨灭的痕迹；倘若能向前一步，得以抵达还原式感化的妙境，文艺家的精神气魄经由无形的感染，影响社会的大意识，因而从人类内面获得永久的生命，藉此完成自己的使命。

那一时期，恰逢漱石在摸索成为职业小说家之路，所以可以说他对"文艺"的理想有所夸大。我想，他提供的所谓读者与作者之意识连续的一致的思考，对于文学翻译者也有重大意义，因为译者也是给自己时间去尽可能地妥协式汲取原作文本中能量的读者。译者要让自己浸透到文本中，尽可能地用另一语言再现原作文本中的能量。

漱石有点催人振奋，但他揭示了读者对波长吻合的作家感受亲密的"妙境"。这一现象绝非什么新事物，追溯到室町时代中期世阿弥和禅竹写的歌谣《云林院》，这一主题就已出现。自我介绍孩提时代就喜读《伊势物语》的年轻人首先登上舞台，走到哪里脖子上都挂着《伊势物语》的书卷，数百年前已亡故的作者在原业平感应到他此时的诚意，竟出现在他的梦里。在这场能乐中，读者与作者见面，谈论作品的秘密，最终使全世界的粉丝怀揣的梦想得以实现。

　　我并非要说译者这一存在必须沉迷于作家，但沉迷也没有坏处。

终将成为世界作家的村上春树

在海外被自然而然接受的村上作品

今天，村上春树成为被认可的世界级作家已是理所当然的事情，但应该特别谈一下那两本作为确凿证据的书。

第一本是赶着村上55岁生日发行的村上春树编的《生日故事集》，英语版名为"*Birthday Stories：Selected and Introduced by Haruki Murakami*"［哈贝尔出版社（harbel pres），2004年1月12日刊］，它成为日本作家以史无前例的方式作为世界级文学家亮相的纪念。大江健三郎和三岛由纪夫也都面向西方读者编写过英文版的日本文学，但可以说，尚没有日本作家被给予面向英语圈的读者选编英美作家作品并解说的机会。

该书收编了包括村上的短篇在内的12篇作品。除了村上，还收录了威廉·特雷弗(William Trevor)、拉塞尔·班克斯(Russell Banks)、保罗·索鲁(Paul Theroux)、雷蒙德·卡佛(Raymond Carver)、丹尼斯·韦恩·约翰逊(Dennis Wayne Johnson)、伊桑·坎宁(Ethan Canin)、大卫·福斯特·华莱士(David Foster Wallace)、安德烈·李(Andrea Lee)、丹尼尔·莱昂斯(Daniel Lyons)、琳达·塞克森(Linda Sexson)、克莱尔·吉根(Claire Keegan)的作品。日语版基本由翻译作品构成，只有村上的《生日·女孩》按原创的日语收录，反之，英文版的翻译作品只有村上的短篇，其余的均用给村上作品充分滋养的语言写成。村上写的介绍文章充满他对这些收录作家的个人见解和犀利评价，充满自信地面向非日本读者轻松自如地侃侃而谈。对读者而言，这位名叫"村上春树"的作家的国籍和自己几乎没有关系，他们把他当成文学的重要发言者，接受了他的立场。

实际上，这个英文版本毫不令人惊异、云淡风轻地诞生本身就已表明村上现今在海外被十分自然地接受。描写平安时代物语的芥川、描写艺伎和茶会的川端、描写自我牺牲式现代武士的三岛，村上和上述作家因异国情趣受到欢迎完全无关。

这本书的诞生缘起于村上经纪人阿曼达·厄本女士与英国出版社的出版人克里斯托弗·马克里豪兹的一次谈话。马克里豪兹在等待《海边的卡夫卡》的英译本完稿期间对厄本说想在英国出版村上作品。日文版的《生日故事集》是面向日本读者的，所以正常情况下厄本是不知道这本书的，但因为事务所曾以所收录的数名美国作家的代理人身份交涉过刊载许可事宜，所以她知道村上编集这本书一事，于是她建议出版这本书的英文版，正中马克里豪兹下怀。

厄本女士说："春树如今在英国也人气高涨，所以他编的文集应该也能得到读者的信任，因此我不认为这是什么冒险。"简言之，她的意思是，她认为这也是英国出版社理所当然的策划。然而站在近代日本文学史的角度看，这几乎成为革命性进展。

村上的职业生涯不仅是海外一般读者，就连在海外积极致力于村上作品宣传的出版业界相关人士也并不了解，作为翻译多部村上作品的译者，我经常为此感到吃惊。为了补救这种无知，2002年我决定写一本名为《HARUKI·MURAKAMI与语言的音乐》（*Haruki Murakami and the Music of Words*）的书。

执笔的主要目的之一，就是为海外一般读者和出版界专家提供日本读者全都能够不费吹灰之力得到的信息，比如村上的生平、作品的时代顺序排列、村上翻译的范围宽泛的美国文学方面的相关信息。（数年后，该书经畔柳和代翻译、由新潮社在日本出版，书名为《村上春树与语言的音乐》。）

英语圈的读者通过《寻羊冒险记》初识村上春树，所以认定这本书是他的成名作。后来，村上的短篇不断在英美的杂志上刊载，却与他的执笔顺序毫无关联，但杂志上刊载的作品却被当成最新作品。

《纽约客》、《广场》、哈贝尔出版社、阿尔弗莱德·A·科诺普出版社的编辑等欧美出版界享有盛名的人士在村上作品的发行上倾注了出版社的名誉和资金，却几乎没有同步了解村上作品的基本信息，这真令我吃惊。不过，即便他们不能从大的文脉方面把握村上作品，从文学品位来看，也还是完美无瑕的。

阿曼达·厄本女士与克里斯托弗·马克里豪兹先生也许并未意识到自己迈出了日本文学史上前无古人的一步，不过正是这样，才证明了村上作品向远在日本海对面的读者们叙说的力量。

村上作品反向引进的冲击

假如说 2004 年初出版的《生日故事集》暗示了村上作品在英语圈中博得大范围的青睐，那么，村上作品的英译本反向引进也旗帜鲜明地向日本读者昭示了它的冲击力度。2005年3月，为将村上的海外业绩介绍到日本，新潮社刊发了村上第一本英文短篇集 *The Elephant Vanishes* 值得纪念的日语版《象的消失》。

但是这本书的内容与"原"英文版有几处不同。首先，日语版中收录的《背带裤》是村上根据阿尔弗雷德·伯恩鲍姆编译的英文版重新改译的版本，关于伯恩鲍姆编译的版本，村上如是说：

"作为作品，它相当不赖。（中略）希望读者们不要太过吹毛求疵，把它当成一种游戏去享受就好了。"①

更为重要的是，1993年编纂英文版的科诺普出版社的编辑加里·L·菲斯凯特约翰先生策划的"发行寄语"中，村上自己写的内省式序文"《象的消失》在美国出版之际"

① 村上春树：《象的消失　村上春树短篇选 1980—1991》（新潮社，2005 年），第 24 页。

也包含其中。

这本书怎么看都属于回顾性的一本，但菲斯凯特约翰指出：

　　"像春树这样真正卓越的作家，不会仅着眼于以往的功绩，而是始终注目于未来的挑战。（中略）今天读下来，这17篇短篇正如我当初期待的那样，也就是说，作为作家，春树具备多样潜力，他令人惊异的才能跨越国界也不会被撼动，科诺普出版社现今持有版权的10部作品的销量逐年持续上升即为证明。"①

　　在《象的消失》的序里，村上回顾了1990年，当他听闻阿尔弗雷德·伯恩鲍姆的英译"电视人"敲定在《纽约客》上刊载时的喜悦和吃惊。

---

① 村上春树：《象的消失　村上春树短篇选 1980—1991》（新潮社，2005年），第10—11页。

"对我而言，《纽约客》这一杂志属于几乎接近传说或神话的'圣域'。"①

他说，1993年，他签下合同，凡是英译作品，必定第一个见诸《纽约客》。（村上写这篇序的时候，已在《纽约客》上刊载了12篇短篇，如今已增至16篇。）同期，村上与美国出版社中最具权威的科诺普出版社签订出版合约，从而让自己的职业生涯登上作家在海外所能期望的最高轨道。《象的消失》的精装版销量并不惊艳，但平装版一直在发行，从未停版。

1994年，村上作为"纽约人作家群"中的一员，与约翰·厄普代克（John Hoyer Updike）、尼克森·贝克（Nicholson Baker）、爱丽丝·门罗（Alice Ann Munro）等著名作家一起，由同样著名的摄影师理查德·艾维顿（Richard Avedon）拍摄了纪念照，随后，厄普代克在一同

---

① 村上春树：《象的消失　村上春树短篇选 1980—1991》（新潮社，2005 年），第 13 页。

参加的酒会上同村上交谈，盛赞他的作品。

"我想，那自然是社交辞令，是前辈作家对我的鼓励，但即便如此，我依然十分欢喜，回想当年，我忆起15岁时读他优美的长篇小说《肯塔罗斯》时的心潮澎湃。今天，它的作者和我居然这样面对面坐在一起，一同以作家身份进行交谈。我——虽然不是卡夫卡——感觉自己仿佛又回到了15岁。当时，我真真切切地感觉到'虽然历尽诸多艰辛，但我一直在孜孜不倦地努力，真好'。"①

根据杰伊·鲁宾著、畔柳和代译，《HARUKI·MURAKAMI与语言的音乐》，新潮社，2006年，第359—364页的内容修订。

---

① 村上春树：《象的消失 村上春树短篇选 1980—1991》（新潮社，2005年），第24—25页。

粉丝满溢的春树演讲会

冷气设施故障之惨事

自 2005 年 5 月起的一年间，村上受到哈佛大学赖世和日本研究中心的邀请，成为进驻艺术家，研究中心为他提供了宽敞的办公室。

在这里，我想写标志着村上具有如前面章节所述的世界级人气的轶事。

不消说，村上在哈佛的消息一经传出，来自美国各地的演讲邀请便蜂拥而至。美国国内自不必说，来自德国、英国、新西兰等地的新闻从业人员也都拥向办公室进行采访。走在街上，村上会被认出他的路人搭话，这情形与 1993 年至 1995 年期间同样在剑桥居住的时节形成了戏剧化的对比，村上成为无可争议的世界作家。

　　我感觉，2005 年 10 月 6 日，麻省理工学院（MIT）的作家论坛举办村上朗读会的当天，事态似乎迎来了顶峰。被邀请去论坛是件十分光荣的事情。主办方并非通常的日本文学学科，而是创作学科与人文社会学科。迄今为止，被邀请的作家有迈克尔·翁达捷（Michael Ondaatje）、苏珊·桑塔格（Susan Sontag）、萨尔曼·鲁西迪（Salman Rushdie）、本·奥克里（Ben Okri）、所罗门·柏罗斯（Solomon Bellows）、乔纳森·勒瑟姆（Jonathan Lethem）、拉塞尔·班克斯（Russell Banks）、裘帕·拉希莉（Jhumpa Lahiri）、巴里·尤格拉（Barry Yourgrau）、保罗·奥斯特（Paul Auster）、辛西娅·奥齐克（Cynthia Ozick）等大名鼎鼎的人物。

　　到了那天，活动负责人大吃一惊。迄今为止，虽然邀请的都是知名度高的作家，但还没用担心过这间大学最大会场的礼堂会满员。讲演开始前几个小时，会场总共 500个席位已座无虚席，不仅如此，连里面所有的通道和讲台周围也围得水泄不通，听众济济一堂。

就连会场外面，礼堂入口到走廊也都挤满了人，据大学的校警说，那天大约来了 1300 人。更为糟糕的是，那天是10 月里罕见的酷暑天气，听众水泄不通导致热浪滚滚，而且还意想不到地发生了礼堂冷气设备故障这样的悲惨事件。待在会场中的"幸运"儿们只好拿发放的提纲代替扇子使用。

朗读时间就在这样的情形下迫近，突然，一名自称是大学消防署署长的男人站上讲台，大声宣布说，根据消防法，坐在座位上的 500 人可以留下来，其余的要全部疏散，将通道和地板空出来。他说，等大家都退出来之后，朗读会才会开始。

听众当中怨声四起，而不得已退出去的人中还有人流下了眼泪。他们和外面走廊上的人群以及更晚一些赶来的人群汇合在一起。被迫退出的一人对我抱怨说："我在网上得知这次活动，千里迢迢从俄亥俄州辛辛那提专程坐飞机赶来。"（有位有幸留在会场的女士参加了最后的提问环节，说自己和多位朋友搭乘一辆车从弗吉尼亚赶来。)听众当中，大学生模样的人占了绝对多数，亚裔也很多，但还是包含了各个年龄段和国籍的人。

超额的听众退场后，村上才被允许入场。村上身穿浅灰色运动夹克，搭着印有"Pickle"字样的深绿 T 恤，鞋子是带商标的跑鞋。因通风不畅和热气难耐，村上脱下运动夹克，T 恤衫浸透汗水。就在这种种状况中，在小说家朱诺特·迪亚兹(Junot Díaz)的村上介绍中拉开朗读会帷幕。

"村上让我们看到了世界本体，而且并非是我们从未见过的世界本体，而是向我们展示了一个我们在日常的不知不觉中司空见惯的世界。"

掌声平息后，村上用流利的英语幽默诙谐地讲述了他作为一名"难以默默无闻度日"的著名作家的多则趣事，接下来他朗读了《青蛙君拯救东京》中的一段。在听众不是日本人的朗读会上，村上一贯的方针必然是要先用日语朗读数页，以部分展示原文的韵味，之后再交给母语是英语

113

的朗读者。这次承担这项任务的是诗人威廉·科尔维特（William Corvette）。

村上的朗读会在一部分粉丝的狂热欢迎和没能参加的人的巨大失望中结束，它无疑已成为 MIT 作家论坛上载入史册的一次盛大活动。

相信

随后又不知疲倦地辗转各地演讲的村上于 11 月 18 日在哈佛大学举行了一场作为进驻艺术家的义务演讲。想来，10 年前在塔夫茨大学逗留期间，村上也同样在哈佛大学做过演讲，但当时的听众只有 40 名左右，而且几乎都是日本学生或正在学习日本文学的学生或波士顿近郊的在美日本人，所以他用日语进行了演讲。

然而这次的主办方是赖世和日本研究中心及哈佛书店，是用英语进行的公开演讲。因为目睹过前几日 MIT 的极度混乱，说是为了避免重蹈覆辙，大学方面这回要使用尽可能大的会场，准备了校园附近的教会礼堂。主办方还提前考虑到避免参加人数超员，决定采用凭票入场。教会的礼堂能容纳 600 人，礼堂邻接的两个房间连接了闭路电视，以能应对 800 人的阵容整装待阵。据说即便如此，在书店抽签活动中落选和报名赖世和日本研究中心被拒的人数依然超过 1000 人之多。插句题外话，据说上次提到的那位从辛辛那提赶来的女士这次也拿到了票，还请村上签了名。

村上没有辜负听众们的期待。他以《青蛙、地震、短篇小说的喜悦》为题进行演讲，确证了物语在人生与艺术上的力量。未来的作家们也被鼓励相信自己想象力的产物。喜爱村上作品的读者们再次确信，自己和村上共有的梦想与意象在村上自身的深处产生。

如果要举出这次演讲传达的一个信息，大概可以说是"相信"吧。作家应该相信自己瞬间产生的灵感波，捕捉它的顶峰，而作家和读者都应该相信自古流传的物语的力量。自从自己的处女作《且听风吟》以来，村上反复确证过自己对物语的信任。

"我还这样认为，如果顺利，或许我会在遥远的未来、可能是几年也可能是几十年之后，发现被救赎的自己。到了那时，大象也许会回到平原，而我也会用更美的语言讲述世界。"

除此之外，显示村上超高人气的趣话还有许多。上次演讲同期，在芝加哥有名的"草原狼"（Steppenwolf）剧院上演了由弗兰克·盖里奇根据《神的孩子全跳舞》中的两篇改编的戏剧，这出戏剧与精彩剧评相得益彰，2005 年 10 月 20 日至 2006 年 2 月 29 日上演之后，又于 2006 年 2 月 22 日至 3 月 19 日在康涅狄格州纽黑文的"长码头"（Long Wharf）剧院上演。

最后要说的是，这两次讲演的听众之中还有恰巧也担任哈佛大学客座教授，并于同年在剑桥居住的东京大学教授、美国文学翻译家柴田元幸教授。他以担任村上的日译校对而为人所知，和我也是老相识了。我第一次见他是在2001年3月，在村上东京的办公室里。

2000年，村上与柴田先生的对话《翻译夜话》由文艺春秋出版社出版，我的名字也时不时出现在文中，其中最引人注目的要数柴田先生的对话后面标记（笑）的文字了。我很吃惊有人能就翻译飙那样的玩笑，于是拜托村上，表达了我很想见见他的意思，这个愿望竟在接下来逗留日本期间得以实现（这也得益于2005年有幸在剑桥毗邻而居）。后来，我又参加了柴田先生在东大的翻译课，参加吉他晚会，跟他保持了长时间的交流。

就这样，柴田先生和我得以单纯作为村上粉丝中的一员，与众多粉丝一起，享受在MIT和哈佛举行的村上演讲。

根据杰伊·鲁宾著、畔柳和代译，《HARUKI·MURAKAMI与语言的音乐》，新潮社，2006年，第364—370页的内容修订。

番茄沙司同样重要

神秘性，也被称为"魔幻现实主义"作为村上作品诉诸全世界读者的要素之一受到重视，但于我而言，莫如说他的具体性更为重要。正因为他非常擅长诸如铅笔刀、冰箱、汉堡牛排和酸奶等司空见惯的日常之物的描写，读者才会相信其神秘性。

例如村上早期的短篇《窗》(1928年)中，22岁的"我"在一家旨在帮助会员提高写信技巧的通信培训班里打短工。一位在最近的信里写了如何制作汉堡牛排并得了70分的32岁已婚女会员（没有小孩、孤独）提出给他制作汉堡牛排。二人违规约会，仅仅保持一起听音乐、一起吃饭的关系，深深地向读者倾诉了一种孤独、甘美又有点滑稽的气氛。也许只有村上才能把汉堡牛排写出唤起乡愁的记忆场景吧。

我想，村上 2004 年的小说《天黑以后》或许也可称之为同类作品。这部小说用了很多页敏锐聚焦天黑以后的都市生活的细节。在压抑的文脉中，最精彩的"行动"场景之一便是一名叫白川的职员在自家厨房吃酸乳酪的片段。

　　　　白川解开衬衫领扣，松开领带，独自坐在餐厅桌前，用羹匙舀起纯白色酸乳酪吃着。他没用碟子，将羹匙插进塑料容器，直接送入口中。他在看厨房里的小电视。酸乳酪容器旁边放着遥控器。荧屏上推出海底的映像。千奇百怪形形色色的深海生物（中略）大自然实录节目：《深海的生物们》。声音则被消掉了。他一边往嘴里送酸乳酪，一边面无表情地追逐着电视图像的变化。①

　　这一段之所以精彩，我想是来自观察完全缺乏戏剧性

① 村上春树：《天黑以后》(讲谈社，2004 年)，第 220—221 页。

的日常生活的彻底正确性。除了仅将领带松开外依然保持工作时穿着的职员，并不把酸乳酪装入餐具中，而是一边直接将羹匙送入口中一边将电视遥控搁在旁边，目不转睛地盯着典型的深夜节目看。他内心世界的空虚一目了然。生活在现代社会的全世界的读者大概都会在这一瞬间产生共鸣，紧接着被那特别的感觉吸引。

然而这食用酸乳酪的一幕比表面看到的包含了更多的内容。事实上，紧随这简单描写的几行内容便告诉我们，这个职员的内心并不空虚，因为他在思考别的事情。从该书后半部分读到这一处的读者明白，白川在他一成不变的日常生活中涉足了充斥着性与暴力的都市阴暗面。

电视画面中的"动物"令人想起该书开头那句"都市看上去仿佛是一只巨大的动物"，让人产生一种感觉，像白川这样的普通职员（其他人自然也是一样）既是独一无二的个人，又只不过是掌握在别的更巨大而有力的什么人手中的无名存在。

小说《1Q84》包含多处冲击性、情绪性、幻想性的场景。依然是村上对现实明察秋毫的技术使它成为一部多达数百万之众的读者容易理解的小说。例如，有个场景是女主人公青豆为了惩罚强暴了自己闺蜜的男人，将他公寓房间里的所有物品破坏殆尽。

她用毛巾在垒球棒上缠了好几道，小心翼翼地注意不发出声响，将房间里的物品挨个敲坏。电视、台灯、钟、唱片、烤箱、花瓶，凡是能破坏的一个不留地统统破坏掉。电话线用剪刀剪断，书撕掉书脊封皮后扯碎，牙膏和剃须膏挤出来胡乱抹到地毯上，床上洒上沙司，抽屉里的笔记本拿出来撕掉，铅笔和钢笔折断，灯泡敲碎，窗帘和靠垫拿菜刀划破，衣柜里的衬衫统统用剪刀剪开，装内衣和袜子的抽屉里满满地浇上番茄酱。①

① 村上春树：《1Q84》BOOK1（新潮社，2009 年），第 295 页。

正如许多读者指出的那样，村上传达潜藏在日常生活中的神秘性的能力成为他的魅力之核。这些小说之所以取得成功，神秘感自然不可或缺，但把握日常生活细节方面也同样不可不精准。我想，从这一点来说，村上在这 35 年间描写的汉堡牛排、酸乳酪、番茄沙司使他成为现代生活的诗人。

世阿弥的井中

在上一节中，我强调了村上的现实主义，得出"村上描写的汉堡牛排、酸乳酪、番茄沙司使他成为现代生活的诗人"的结论，但村上文学根植于远古这一事实也是不容忽略的。

例如在《贫穷叔母的故事》这篇短篇中，就连普通的"团成一团扔在草地上的巧克力银纸"都不是一般的垃圾，而是"如同湖底传说中的水晶一般，骄傲地闪着光芒"。

为了暗示古老的东西、地上看不见的东西、隐藏在心里的东西，村上经常象征性地使用"井"。在这里，我想尝试将村上作品中的井和室町时代的能乐作者世阿弥作品中出现的古井加以比较。

世阿弥的名作《井围》的开篇便是一个所谓游僧，亦即

"诸国一见之僧"造访在原业平和纪有常的女儿夫妇俩位于石上(现奈良县天理寺)的旧居在原寺。这时,一个年轻女子出现,从井中汲完水,把手里的花儿供奉在古墓前凭吊。游僧大惑不解,遂问起那名"婀娜妩媚的女子"的身世。

女子的回答含糊其辞,古墓的主人是业平,显然这女子在凭吊业平。游僧渐渐从这名年轻女子口中了解到关于业平的详细往事,女子讲述了业平与纪有常的女儿结婚始末、以及业平经常去别的女人处的轶事,讲完后又讲了他俩孩提时的事情。小时候,她和业平是邻居,在门前的井边一起玩耍时,经常在井底的"水镜"上照出彼此的影子,二人心心相印,深深的井水好比"深不见底的心灵之水"一般。

游僧怀疑她是业平妻子的灵魂,但女子隐身到井围后不见了。游僧期待着和她在梦里相遇,便就地横卧。女子的幽灵如期而至,出现在游僧梦里,她身上缠裹着亡夫的衣帽,跳着舞,嘴里唱着亡夫写的吟咏月亮与时光流逝的歌。而且那一瞬美得令人揪心，她倚在井围上，轻轻拨开插在那里的一枝芒草，想要看到月光下自己倒映在井底的情影。可是因为身上的衣服和帽子，加上对亡夫过度的恋慕，女子在井中最先认出的是业平的面影。

　　见也思念，独自犹思念。亡夫魂灵之姿啊，犹如花儿枯萎无颜色，芳香依旧在。在原古寺钟声余音扬，天明唯见松风芭蕉叶。梦破人初醒，梦破天拂晓。

　　太阳升起、扰碎梦境的瞬间，女子望向井底，辨认丈夫和自己的容颜，悠悠岁月被压缩成一瞬。青梅竹马的玩伴成为自己的丈夫，却又暂时去了别处，待再次返回，却又转瞬死去，就连自己不久也要死去，心灵之水里却至今留存着孩提时天真无邪的爱，再见思念依旧。

　　如果说《井围》中的女子是经由井进入内心深处的人，那么《奇鸟行状录》中的主人公这一人物同样也是通过井壁抵达自己的心灵深处。这一场景持续了很久，从小说第 2 部的第 5 章直到第 11 章，在这将近 100 页中，主人公竟一直坐在井底陷入思考，此外什么都没做。而在第 3 部里，小说的高潮也是在井中上演。

这当然是在村上的小说里，所以在现实世界中没有任何事发生的时间里，也有惊险刺激的事件一幕一幕展开。然而，井的设定在许多方面都与《井围》中井的心灵剧目相似。从井中汲水的女子是《井围》的中心人物，而《奇鸟行状录》中让主人公进入井底汲取心灵之水的人是将他抛弃的妻子久美子。两处井的上方都有月儿悬挂夜空，旁边有高大的植物（芒草和一枝黄）摇曳生姿，两处井都位于古老衰颓的老院子里，成为往昔记忆出现的通道。

井的意象在村上 1979 年的处女作《且听风吟》中也出现过，到第二年《1973 年的弹子球》里，一句"我们心中被挖了许多口井"，主人公简直就是在讲述世阿弥"心灵之水"的现代版本。

亨下到没有水的井底，他自身承担了水的任务，他自身化身心灵之水，也就是意识本身。他在井底的黑暗中徘徊于意识与无意识之间，渐渐分不清自己在何处终结、黑暗从哪里开始了，亨失去了自己肉体的存在感，化身为纯粹的记忆和想象。

现代人亨在心灵之水中找到的不是中世纪能乐中对爱情的追忆与思慕，而是更为可怕的东西。那里有性、有暴力，也有近代日本史的黑暗面。但无论对于《井围》中的世阿弥还是对于村上春树，"井"这一事物都是通往无意识的通道。

出席奥康纳奖颁奖仪式

从《奇鸟行状录》中获得灵感

2006 年 3 月，由国际交流基金会主办的题为"寻访春树的冒险——世界如何阅读村上文学"的国际学术研讨会暨研究会分别在东京、神户、札幌开幕。同年 9 月，村上获爱尔兰国际文学奖"弗兰克·奥康纳国际短篇小说奖"，获奖作品为包括《盲柳与睡女》及其他 23 篇在内的英译短篇集 *Blind Willow*，*Sleeping Woman*［纽约：阿尔弗雷德·科诺夫（Alfred A. Knopf），2006］。村上因故不得不缺席，所以由译者我代为参加了那场颁奖仪式。描写颁奖仪式的文章以学术研讨会英文报告《疯狂追读春树：全世界都在读村上》（*A Wild Haruki Chase*：*Reading Murakami Around the World*）（2008 年出版）序的形式发表。

　　不知道大部分人是否和我一样，很多时候我每天都不停地播放背景音乐，不是那种别人能听得到的音乐，而是存在于大脑内部的音乐，它们基本都是从最近听到的曲子里想起来的旋律。（我不喜欢所谓的 BGM，我听音乐的时候会侧耳倾听，心无旁骛。）最近一周我的大脑中播放的音乐出自在哥本哈根时作曲家马西莫·菲奥伦蒂诺（Massimo Fiorentino）送给我的一张 CD，他 1973 年出生于意大利那不勒斯，在丹麦长大。

　　我很幸运地遇到他是在 2006 年 9 月 28 日晚上，他来参加丹麦—日本协会举办的我的关于村上春树作品翻译的非正式演讲活动。

　　那天，我刚从都柏林赶到丹麦。在爱尔兰国立博物馆里，我见到一艘精巧得令人叹为观止的维京船模型，因此我了解到爱尔兰于 841 年由维京人创建，并且他们把那里命名为 Dubh Linn。① 数日后，我去了位于丹麦罗斯基勒的维京船博物馆，亲眼目睹了号称将船的碎片重新组装成的维京船，那简直和我第一次见到的船一模一样到令人吃惊的地步。这艘船在都柏林造成，横渡北海之后在罗斯基勒海峡被击沉。

这次的旅行中，我和妻子从华盛顿州的西雅图出发，第二站就是都柏林。9 月 24 日夜，我们在第一站——爱尔兰的科克市时，村上春树被授予弗兰克·奥康纳国际短篇小说奖的消息发布。哥本哈根是我们的第三站，此行的目的是前去拜访将村上作品翻译成丹麦语的梅特·霍尔姆女士。我和霍尔姆女士于 2006 年 3 月在东京召开的村上春树国际研讨会上相识。在丹麦—日本协会上的演讲也是她帮我安排的，就是在那里，马西莫·菲奥伦蒂诺将收录自己作品的 CD 送给了我。

CD 的题目是 *aeroplain*：*the wind-up bird chronicles*（《灰

---

① 都柏林：黑色水湾之意。

与梅特·霍尔姆女士在六本木

机：发条鸟年代记》），他说"收录的曲目从村上春树的作品《奇鸟行状录》①中获得灵感，在那部作品中巡游过"，并于2001年12月至2003年1月期间在哥本哈根完成作曲。〔他在自己的网页上做了这样的说明："'aeroplain'（灰机）并非'aeroplane'（飞机）的笔误，但它的确是这个常被说错的词的调侃。它是'灰'和'机'的合成物——在诸多意义上进行音乐表现。"〕在唱片的说明里，我读到了这样一节，不用说令我十分感激："对写了这部十分精彩的小说的村上春树和进行绝妙翻译的杰伊·鲁宾致以最高谢意。"

换言之，在我的脑中不停播放的音乐也包含因我的翻译促成的部分。这简单却打动人的旋律如同村上创作的短篇小说一样，即刻便抓住人心、让人简单记住——这是许多人、许多事足以令人惊异的国际性汇合的成果，而村上位于它的中心。如果这就是国际化，那么我十分拥护。

我们中间也有人怀疑，它是不是意在确立某一日本作

① 村上春树的长篇小说『ねじまき鳥クロニクル』，上海译文出版社中文版译作《奇鸟行状录》，直译为"发条鸟年代记"或"发条鸟编年史"。

家诺贝尔奖权利的半官方组织？即便是这样，国际学术研讨会暨研究会"寻访春树的冒险——世界如何阅读村上文学"也是非常精彩的，特别是对参会者而言。

这是全世界译者朋友空前绝后的盛会，关于意见和感想的交流不仅在正式活动期间，在用餐及在富士山麓的林中漫步时仍在继续。这才是"汇合"之巅峰！半年以后，在丹麦的艾斯诺姆，我一边拍下梅特·霍尔姆女士、她的漂亮女儿贝丽西娅、我的妻子一起剥虾的照片，一边万分感慨那场研讨会带来的独特成果。

1968年川端康成因"以卓越的感受性表现日本人的心灵精髓的巧妙叙述"被授予诺贝尔文学奖的当时与现在已迥然不同。对日本作家，当时的西方人只准备在极端的民族中心性语言层面上去理解。1994年，在大江健三郎因"以诗性想象力构筑了紧密凝缩现实与神话的想象的世界，震撼性地描写了现代的世间百态"被授予诺贝尔文学奖的时候，大概西方的视野就已经开阔了吧。而2006年9月在爱尔兰科克市和明斯特文学中心将短篇小说奖授予村上的时候，国际化才真正兴盛。

如英国报纸《卫报》（*Guardian*）报道的那样，村上的获奖作品、短篇小说集 *Blind Willow，Sleeping Woman*（《盲柳与睡女》）高居横跨三大洲的入围候选名单之首。爱尔兰作家菲利普·奥·塞拉伊（Phillip Ó Ceallaigh）、美国作家雷切尔·切尔曼（Rachel Sherman）分别因代表作短篇小说集入围，英国作家罗斯·特里梅因（Rose Tremain）、生于尼泊尔的作家萨姆拉特·尤帕德亚（Samrat Upadhyay）、用德语写小说的瑞士作家彼得·施塔姆（Peter Stamm）的短篇集也榜上有名。

前一年的获奖者是中国作家，所以也许村上这次不会获奖——抵达科克的时候，我还这样认定。我认为从政治方面考虑，今年预计会诞生爱尔兰的获奖者，于是买来菲利普·奥·塞拉伊的短篇集《土耳其卖春旅舍见闻》，用以鉴定竞争对手的品质。我很佩服这篇文章的明晰，典礼期间，我也被奥·塞拉伊向听众朗读的短篇小说所打动，所以在颁奖典礼上，当"村上春树"的名字被宣布时，我错愕不已。我误以为可能成为决定性主因的那些政治上的及国别上的多余考虑说明评委会的评议多么自由，而明斯特文学中心的通讯文稿也进一步鲜明地表明了这一点。

由5名成员组成的评委会选择村上春树，授予他世界最高短篇小说奖，这也反映了这一奖项的国际性。评委会委员长由科克市本地作家汤姆·麦卡锡(Tom McCarthy)担任，其余四位分别是爱尔兰作家克莱尔·吉根（Claire Keegan），英国作家托比·里特（Toby Lift），当今德国最重要的诗人、作家之一的西尔克·朔伊尔曼（Silke Scheuermann），还有英文短篇小说国际联盟的会长、美国文学家莫里斯·A·李(Maurice A. Lee)博士。

关于入选，评委会公布了如下意见："这是一本由小说名家创作的十分精彩的短篇小说集，村上先生带着极大的诚实在写作。(中略)他的文章使我们想起，读者为追求魔法而最终将活字拿在手里。"

评委中的两位在并未应我强求的情况下告诉我说，这个决定全场意见一致，里面完全不存在怨恨和不安，但是终审进展得并不顺利。评委们带着各自的视角莅临评议，留在最终入围名单上的作家也都是强有力的竞争对手，围绕这份 6 人的最终入围名单，评委们历时 4 个半小时极为认真地探讨，最终全体评委愉快推选了村上。唯一的推选标准就是艺术。

译者的作用

能够通过这次获奖引起大家对译者把用外语创作的文学译成可与一流英文作品比肩的作品时起到的作用的关注，对我（也包括翻译了这次获奖书里收录的半数以上作品的 J·菲利普·加布里埃尔（J. Philip Gabriel））而言，是格外幸运的。

美国人因为自我中心的世界观和外语训练不足，在用英语读懂异文化文学的过程中往往容易忘记翻译的重要性。我记起 2005 年 11 月，我以观众身份聆听在芝加哥的史蒂芬伍尔夫剧院上演完《神的孩子全跳舞》之后的讨论会时的一件事。一名剧组人员对观众如此保证改编的忠实："诸位听到的语言 99％都是村上的语言。"

不，实际上观众们听到的语言中，村上的语言占不到 1％才对，而且它们还是登场人物的名字，此外观众们听到的语言都是编剧弗兰克·加莱蒂(Frank Galati)抑或译者我写出的文字，而且无论加莱蒂还是观众，对我的英语与村上的日语在某种形式上"接近"一事也都不得不囫囵吞枣地去理解，清楚自己有多依赖译者的读者很少，而当被操作的两种语言如英语与日语般迥然不同时，这个问题就尤为突出了。

我喜欢将译者的作用比作钢琴家。来听钢琴演奏会的听众多半无从准备原作乐谱，所以要听作品，就必须仰仗钢琴家。当然了，不同音乐家的阐释差异可能十分刺激。

我买了几百首《悲怆》的录音，逐一比较着每位钢琴家的强调与切分法的差异，我也能在大脑中构筑起现实中任何一位音乐家都无法实现的所谓理想阐释（演奏）。

围绕书籍出版的经济因素进行考虑，在文学上采取同样的做法几乎没有可能，大概可以说，从19世纪俄国小说家那里可以看到这种征兆，但要出现关于村上作品的第二、第三种阐释，还在遥远的未来。

在村上的长篇小说中，经常听到要求新译——或者说是复原原作品翻译的一部是《奇鸟行状录》，也可以说是我译成英文题目的 *The Wind-Up Bird Chronicle*。虽然我在现行版（包括美国版和英国版）中用详细文字告知这部作品是"从日语翻译、改编成英文"的，但关于"改编"的内容却没有任何明示。正如我在《HARUKI·MURAKAMI 与语言的音乐》一书中所写，因为相比原作，科诺普出版社更重视大幅缩短作品，所以我决定自己进行缩写（借助村上的帮助），而没有求助其他编辑。那之后，我偶尔也会对科诺普出版社提议说：出版不改编版的时机或许已经成熟。但他们表示不感兴趣。

如果那部作品要推出完整版，我需要重新思考的问题中包括将"chronicle"一词用作书名时是否要加上"s"。因为"chronicle"一词用在英文书名时习惯写作复数，所以许多人至今仍把书名错记成 *The Wind-Up Bird Chronicles*。

原作日语题目中的"编年史"听上去是单数，但日语名词不存在复数（就连外来语也是），所以关于数量只能根据上下文来判断。

将《奇鸟行状录》译成英文时，为了让这篇长篇小说具有一个统一的故事性含义，我决定将题目定为单数，在英文版第 3 部的第 25、26 章（原作第 27、28 章）中，在名为"肉桂"的出场人物对叙述者提示多个"发条鸟年代记"的部分中，有明确证据显示这里更偏向复数。

我对给收录自己作品的 CD 命名为 *aeroplain：the wind-up bird chronicles* 的马西莫·菲奥伦蒂诺指出以上问

题，他坚持说自己有意采用了复数形式(事实上，在他做记录的笔记本上，是将我翻译的题目规规矩矩写作"chronicle"的)。按照他的想法，"因为将每一首旋律自身看作一部编年史"，所以给 CD 整体用了复数。通过这种方式既可以将 CD 与小说区别开来，同时也可以将 CD 与小说联系起来"。

有可能终结围绕以上文学解释上的琐屑问题的国际性协议就是前面提及的国际学术研讨会暨研究会"巡访春树的冒险"。

根据国际交流基金发行的《远近》2007 年 6·7 月号(原文为英文、畔柳和代译)修订。

第二部　日本与我与翻译

我是后期高龄者吗？

被村上的作品吸引

2015 年 5 月 7 日，我得到一份荣幸：和美国文学翻译者柴田元幸先生及年轻作家松田青子女士一起参加纽约日本协会举办的题为"翻译的魅力：从村上春树到年轻作家的作品"的演讲会。

不知道这个题名是谁的主意，我在初次看到它的瞬间，心想：原来我已是老年人了啊！第一次邂逅村上的作品是在 1989 年，自那以来，我已习惯于不把"村上春树"这一作家名字看作出发点，而是看作到达点。

迄今为止，我遇到的都是"从漱石到村上"、"从川端到村上"、"从大江到村上"，突然之间似乎翻译研究日本现代文学老权威作品的角色兜兜转转来到了我这里。我的身份是演讲会的演讲人，年轻的作家们及新锐作家之一、30来岁的松田女士就坐在讲台上我的近旁。总之，这种体验令我震惊。

我第一次读村上的作品是在1989年，那时村上40岁，还被人称为"年轻作家"，而且他的主要读者是从十几岁到二十几岁的人群。我因为即将步入48岁，以村上这么年轻的作家为研究对象可能年纪已嫌超龄。

当时，许多海外评论家、学者似乎都不认为村上是有评论价值的作家。我经常被人问到，为什么如此认真地对待这样一位一把年纪了还面向年轻读者写作的流行小说家？而我总是半开玩笑地回答"因为我还青涩"。如今，村上本人也已67岁，而我这个一直翻译村上作品并写相关论文的老学者已经75岁了。

即便是漱石和芥川，我们也不可忘记他们的年龄。芥川自然可以说是英年早逝，漱石也算较为年轻时故去。漱石和漱石的时代在某种意义上都是青涩的。

近现代日本文学史的书通常并不把明治、大正、昭和的作家作为个人，而是把他们当成流派成员进行论述，但漱石是个例外，他多数时候被单独对待。漱石作为小说家起步的时候，统治日本文坛的是自然主义流派，但他经常被贴上反自然主义的标签。

诚然，漱石批评过某位自然主义作家是事实，但在他中后期的小说里是可以看到和自然主义共有主题及风格的。漱石明显将自己看作对传统价值观提出质疑的新时代作家的同路人，所以当政府意欲打压自然主义作家们的影响时，漱石才会为庇护文学者的自由和独立挺身而出。

自然主义文学家和漱石文学的中心工程是自我探究，正是这成为当局忧心忡忡的主因，但是他们——无论自然主义者还是漱石——都并非在家国之上单纯地主张自我。

为何这样说呢？因为一旦将自我看作己有之物，便会随即发现这一现代现象伴随着孤独的苦痛而来。

如果说代际间的冲突、反抗、自我发现以及孤独之类主题听上去多少有点幼稚，那么或许可以把明治时代看作日本的青春期。时代变幻，源源出现的年轻读者层总是在重新发现漱石，而在西方，也会从漱石那里发现现代知识分子的身影。

热情不减

在漱石的小说中，我难以抑制翻译欲望的是《三四郎》。与其说我想要翻译它，或许不如说我担心倘若不马上付诸行动，一旦上了年纪，恐怕就鉴赏不了那种年轻的气氛了更为准确。

第一次读《三四郎》是在三十四五岁的年纪，我被它的主人公所吸引。故事一开始，主人公三四郎 23 岁，到结尾时 24 岁。在哈佛大学学院办公兼住宅的庭院里，我逐字逐句地读漱石的原文和我的翻译给妻子听，核对我的翻译，而她正一边抱着还是小婴儿的女儿一边看向 4 岁的捣蛋鬼儿子，那情景想来仍历历犹在眼前。

总之，我觉得如果我不尽快翻译出来，对主人公的情感就会消失。后来我明白，这种担心完全没有必要。企鹅出版社修订 2009 年版的翻译时，我已年过 65 岁，但对《三四郎》的热情完全没有消退。

最后翻译芥川时，年龄问题稍稍变得复杂。如刚才所说，我初读村上作品时，村上 40 岁，但芥川不会超过 35 岁。企鹅出版社的编辑西蒙·维尔德先生提议进行新的芥川英译短篇集工作时，我已将近 60 岁，而且等书发行时已经 64 岁了。后来我明白了，翻译、编辑芥川新的短篇集是一场精彩绝伦的再发现的冒险。

三岛由纪夫的头与儿子的音乐

前去迎接儿子的日子

1970年11月25日对我而言或许是一个永远具有特殊意义的日子。我一边在剑桥的一处小厨房里吃早饭，一边盘算着前去医院迎接我7天前降生的儿子和我的妻子。

正在那时，收音机里突然开始播放三岛由纪夫以天皇的名义剖腹，他的部下帮他在颈部补刀的新闻。新生命的诞生和血腥的死亡的反差令人极为震撼，以致时至今日，我依然会心情复杂地记起那天的事情。第一次把儿子带回家的喜悦和被刀砍下来的瞬间之前还饱含睿智与热情的头颅的印象重叠在一起。

在报纸上见到三岛刚被砍下的头颅照片时那种肉体上

的冲击，我想这一生都不会忘记，因为《金阁寺》、《假面的告白》和《忧国》都是从那一团肉中诞生。

1914 年 11 月 25 日，夏目漱石在学习院发表了题为"我的个人主义"的演说，我将那篇演说译成英文是在 1979 年 11 月 25 日，不用说，这一天益发成为对我而言有着特殊意义的一天。学习院又是三岛由纪夫的母校，第 10 任院长是 1912 年明治天皇驾崩之际剖腹"殉死"的乃木希典。

11 月 25 日发生的偶然结束了，然而每年的那一天来临时，我的思绪都会飞向以生与死、个人的充实与幻灭、高涨的创造力与肉体的解体等为题材的世阿弥的伟大修罗能乐《忠度》。

共 16 回的修罗能乐里讲述了各种各样的战死，其中最惨烈的当属忠度的死了。和平家其他注定要灭亡的武士们一样，忠度策马赶到一之谷的河边，急欲乘船逃离源氏的追击，回头看去，却见以冈部六弥太忠澄为首的六七骑人马已从后面追赶而来。

忠度心想，这正合自己所望，便调转马头，猛扑向六弥太，二人滚落到他们的马中间，忠度按住六弥太，手刚握住刀，六弥太的随从从后面扑来，砍落压在上面的忠度的右臂，于是忠度用左手拨开六弥太，认定已无力回天，说道："尔等给我退下，我要朝拜西方净土。"诵经伊始，六弥太就毫不怜悯地拔出刀，最终砍下了他的脑袋。

在中世纪日本的战争中，砍头并不稀罕，所以比起《忠度》中被斩落的头颅，忠度被砍断的手臂给后世人留下的印象更为鲜明。明石市有制作一只巨大的木制右臂纪念忠度手臂的"腕冢神社"和祭祀忠度遗骸的"忠度冢"。比起能乐谣曲《忠度》，手臂的意象更早始于谣曲素材的出处《平家物语》，在世阿弥的文本中，重点落在被斩落的头颅象征人的才能的浪费上面。

在谣曲的大部分中，忠度的头颅不单单是军人的头颅，而是如三岛由纪夫的头颅一般，在文学中被充分叙述至执念的程度。当敌人六弥太得知战场上的尸体是忠度时，"只见箭囊上不可思议地贴着诗笺，仔细看去，上面写着'行至途穷处，且择林荫借为宿，今宵花作主。忠度'。六弥太不再怀疑，此人正是那名扬天下的萨摩守。啊，可怜!"六弥太叹道。

对和歌的执念

正如后世里三岛由纪夫多少有点时代性错误地高唱理想那样，"忠度文武双全，颇受世间看重"，但世阿弥尤其重点将"文"置于笔下的忠度身上。

忠度的幽灵出现在谣曲中，向着并非寻常游僧，而是忠度老师的藤原俊成的"家中门人"，详细叙说自己对和歌的执念。

"虽然我的歌半路侥幸被收入《千载集》，但我乃受天皇陛下戒敕之身，可悲不能出现名号，我乃是在不为人知的情况下写的歌，但即便我执念未了，仍感此为第一迷执。

然将之选入的俊成也已亡故，幸君乃我师门人，万望通报家主，如有可能，还望忝附作者我的名字。"他哀求道。

地谣中唱道："我实乃生于歌人名家，酷好此道，倾心于和歌乃我生而为人之至极幸运。"

忠度所属的平家哪里是"歌人名家"，分明暴君和杀人者众多，但忠度的父亲忠盛却是作品收入敕撰集的著名歌人，对于艺术至上主义者世阿弥而言，对作为歌人的平家的兴趣多于作为军人的平家。

讽刺的是，在这首谣曲中3次引用的忠度的歌，实际上可能并非忠度的作品，只是出于象征意义上的强调。那便是："行至穷途，且择林荫借为宿，今宵花作主。"能乐研究专家田代庆一评论说："世阿弥将这首歌作为概括忠度一生的贴切之作，将之安置在自己的作品《忠度》的核心。"

"行至穷途"原是平家没落的暗示。《平家物语》中忠度所说的"一门命运已殆尽"与之吻合。"择林荫借为宿"中的"林荫"指的是"樱花树荫",象征着忠度选择以咏歌为人生的中心热情并依照这一决断生活的生活方式。(中略)下一句"今宵花作主"的"花"象征的当然是和歌,所以和歌才是自己人生的"主人",歌道才是自己在此世生的证据。①

忠度的幽灵直至最后依然为追逐艺术的执着之罪束缚,不屑于以"为人之至极幸运"的歌道与佛教的"无"的境界交换。

我于1970年11月25日从医院带回家的儿子源并没有"生于歌人名家"的幸运,却走上了音乐道路,成为一名专业的乐曲作者,专心于艺术之路,这件事对父母而言是莫大的幸运。

---

① 田代庆一郎:《梦幻能》(朝日新闻社,1994年),第309页。

儿子源。源作为音乐家活跃于音乐界

源在日本为 The Gospellers 组合①和福原美穗，在南美给玛丽·简·布莱姬（Mary Jane Blige）、阿雷莎·弗兰克林（Aretha Franklin）、路易斯·冯西（Luis Fonsi）、宝琳娜·卢比奥（Paulina Rubio）等歌手担任制片人、作词、作曲家，专注于自己的工作。他还为许多电影提供配乐。我不禁想，如果能让世阿弥看到源作曲时对音乐的执着，他或许会点头赞许吧。

---

① The Gospellers（格斯派），由村上哲也、黑泽薰、北山阳一、酒井雄二、安冈优这五位早稻田大学合唱社团成员组成，是一个同时拥有五位主唱的美声合唱团体。

芥川龙之介与世界文学

打动我心的芥川

2007 年新潮社刊发的《芥川龙之介短篇集》中收录的作品及顺序与我为企鹅·经典版 *Rashōmon and Seventeen Other Stories*（2006）所选择、翻译的内容完全相同。

英译芥川短篇集原著这项工作，对我而言是一次带来再发现的大冒险。对 1960 年代专攻日本文学的美国研究生来说，芥川是为数不多的被用英文广泛阅读的日本作家之一。我也是喜爱芥川的读者之一。

后来，在我被导向其他方面的研究之后，通过小岛严的翻译体味到的强烈印象依然颇有几个始终留在我的心里。听到"芥川"这个名字，眼前马上就会浮现出《地狱变》中牛车熊熊燃烧的情景，还有猴子纵身扑向火焰的身影。此外还有河童的父亲把嘴贴在母亲的生殖器上、向胎儿询问"你愿意被降生到这个世界上吗？好好考虑一下回答我吧"的情景，比起对我自身，也可以说对我讥讽的人生观带来不小的影响。

芥川是日本作家，这在我对作品的评价以及阅读作品的喜悦上并未施加什么影响。芥川笔下不逊于卡缪、陀思妥耶夫斯基、贝克特等我所尊敬的西方作家的物语促使我思考，打动我。我从未有过若非对日本抱有特别的关心，便不能理解这些作品的想法。

发起策划企鹅·经典翻译的人读的也是芥川的英文版，对日本并不格外熟悉。2001 年，企鹅社的编辑西蒙·维尔德先生偶然读到芥川的旧译，便立即慧眼识珠地发现了作品的力量。于是，读过我翻译的村上作品的他便向我建议重新翻译芥川作品，并请村上作序，编成短篇小说集。

芥川离世已有些年月，他的作品应该被作为"经典"

刊发，这一点维尔德先生自然有把握，然而他依旧以俨然发现年轻新人作家般热情洋溢的文章缀文芥川，同时他也明白，推出新译的时机已然成熟。无论什么样的翻译终要过时，1950、1960 年代接连刊发的芥川作品英译本也概莫能外。

读者能像西蒙·维尔德那样，把芥川当成当之无愧应收入企鹅·经典版的作家这一点非常重要，因为他应该位列以下这些作家伙伴们之间：简·奥斯汀、托尔斯泰、狄更斯、伏尔泰、契诃夫、紫式部……

和莎士比亚一样，芥川是一名深深扎根于自己生活的文化与时代的作家。和莎士比亚一样，芥川描绘的人的恐惧与希望对生活在不同时代、不同地方的读者而言，都是足具真实感的新鲜之物，引起他们的共鸣。芥川是日语达人，而另一方面，他的作品也是经得住翻译以及从日语中剥离的暴行的。就算失去了创作上最为关键的手段，他的独创、气质以及所塑造人物的魅力也依然不会改变。

外国读者首先被芥川作品中充满异国情调的背景及场景所吸引，但很快便会忘记它是日本文学，而是通过所有国家的人共通的体验获得阅读的喜悦。作品的这一特质使得芥川成为"世界文学"作家中的一员已不需丝毫质疑。激起维尔德先生兴趣的恐怕也正是这一点吧，尽管他是通过早已过了保质期的翻译读到的芥川。

在收到维尔德先生的来信之前，我从未考虑过翻译一整本芥川作品，然而芥川成为进入企鹅·经典版的首位近代亚洲作家这一设想吸引了我。于是我立即与村上取得了联系，令我大为惊讶，他居然痛快地一口答应。

唯一的问题是，我有两本书的收尾工作正做到一半（《神的孩子全跳舞》的翻译与《HARUKI·MURAKAMI与语言的音乐》的执笔），所以无法马上着手这份新工作。另外我还有学校里的工作及其他工作要做，能真正专注于芥川已是2003年以后了。

在那之前，文化厅公布了"现代日本文学翻译·普及事业"（JLPP）的第一批资助对象，里面就包含了芥川。我陈述了与企鹅出版社的策划后，文化厅决定予以援助，为了防止出现错误，还为我配备了专门的校对人员（讲谈社国际部原编辑—场慎司先生）及协助我推敲英文的文艺编辑（《纽约客》杂志的林达·亚瑟先生）。

东京大学的柴田元幸教授又仔细看过译文，帮我将好几处难堪的错误防患于未然。柴田教授还将武藤康史教授与植木朝子教授介绍给我，二位毫不吝啬地指教我前近代及近代的相关文学知识，还帮我介绍了在芥川研究上不可或缺的关口安义教授的研究成果。

在理解并再创造芥川的重要过程中，能够借助这样的"梦之队"的力量，可谓幸运之至。我确信，得益于这样的帮助，我将能够将自己所有能力所及的工作付诸实践，将芥川以与之卓越的艺术性相吻合的形式介绍给英语圈的读者。

可是，假如缺少近代文本的详细注释版本，我或许也不可能接受这份工作。年轻芥川那令人恐惧的博闻强记令我感到棘手。我被允许在企鹅出版社版的编译本中原封不动地借用芥川作品的既存文本。

它们就是红野敏郎等编写的《芥川龙之介全集》（岩波书店，1995年）、筑摩书房更早出版的全集以及给几个短篇详细加注的《日本近代文学大系》第三十八卷。我还从对我有用的芥川《事典》中获得信息，它们是菊地弘等编著的《芥川龙之介事典》（明治书院，1985年）及关口安义等编注的《芥川龙之介全作品事典》（勉诚出版，2000年）。

这次我不单单要读已有定评的代表作，而要阅读全部作品，仔细吟味，为英语圈的读者塑造全新的芥川像，这样的愿望涌上心头。既然是如芥川般想象力丰富的作家，如果用现代的目光重读，肯定会发现不怎么为人所知的名作——我带着这样的坚信开始通读芥川。

于是，我决定将1914年至1927年期间芥川执笔的全部148篇短篇小说全部读完。尽管我得到很多注解的帮助，这依然是一项超乎想象的困难工作。之所以如此，是因为芥川运用了多姿多彩的文体——包括大正时代的"摩登"日语、文语体、侯文体、汉文调表现、疑似中文等。很早以前就研究能乐的我有幸熟悉其中的多种文体，但依然需要埋首字典查找芥川丰富的词汇。

幸运的是，研究社刚刚出版《新和英大辞典（第5版）》，它成了独一无二不可或缺的工具。我还购买了收录《广辞苑》的电子词典，也能够通过网络找到许多信息。芥川最初被翻译成英语的1950年代是没有这些工具的。

读芥川作品，我将为这次翻译选出对我而言最顶尖的作品，也就是被我看作代表作的作品。虽然我避免原封不动收编一直以来被公认最"重要"的芥川作品，但已有定评的作品中还是不乏杰作，最终我依然决定收录它们。我将个人认为无趣的作品和以芥川独创性阐释为主线、围绕只有日本读者才知晓的主题和人物的作品都排除在外。

比如写西乡隆盛、乃木希典等明治巨擘或自古就在物

语中出现的素戋呜尊、袈裟、盛远等人的物语，我都避免收入。让没有听过《罗密欧与朱丽叶》的读者阅读在罗密欧最终没有死去的前提下写出的故事将会怎样呢？希望读者能够想象一下。

　　芥川是适合加入企鹅·经典版所代表的《世界文学》的作家，所以在介绍他的时候，我将只有日本读者才能完全理解的一面剔除掉了。我认为这部短篇集中收录的都是芥川最杰出的作品，同时我也认为，只能面向日本读者的作品并非芥川的杰作。

　　通读全部作品，果然不出所料，其中不乏带有年轻作家过分挥洒自己才气的倾向与构思的作品及刻意为之的乖僻不自然之作。令人吃惊的是，最早问世的处女作偏偏命名为《老年》，由此我得知大学毕业两年的芥川已对老年人的心理抱有十分的兴趣与理解。作品本身也相当不坏，我觉得不妨翻译一下。我在笔记中这样写道：

"这一时期的气氛很重要，也很有效果。作为故事，可以说它朴素又令人感动（即便讽刺性有点过头）。或许最终不必翻译，但我从辛苦阅读中收获颇丰。"

本应尚属青涩的作家却汲取老年人的心理，应该是在向上了年纪的译者诉说。后来，除了这篇《老年》，又出现许多我认为可以翻译的作品。问题在于"可以翻译"的作品数量太多，《地狱变》、《齿轮》等不可撼动的代表作自不待言，我还非常希望收录几乎不为人所知的《尾形了斋备忘录》、《阿银》、《忠义》、《头颅落地的故事》、《葱》、《马腿》、《大导寺信辅的半生》、《文章》、《孩子的病》、《点鬼簿》（后来我得知《点鬼簿》的英译已问世）。

村上春树的序

完成后的短篇集总共18篇作品，其中截至当时还未被译成英文的有9篇。和老年人捏着鼻子嘟嘟囔囔地逼着自己读年轻人的作品群完全不同，我简直就是在重新发现芥川，所以从准备阶段到发行阶段的工作十分有趣且充实。

村上通过写序为英文版做出巨大贡献。他向西方读者详细解说了芥川对于作为典型日本读者的他、对于作为作家的他有多么重要。只要读了这篇序，便会了然村上为了这项工作花费时间再次阅读、思考过芥川作品。很高兴本书能为日本读者提供接触村上评价芥川的机会。

多年以来，我时不时会拾起《芥川全集》来读，但此次重读使我十分讶异于芥川作品的多彩表现。芥川的幽默超越了我在英译本中所见到的幽默，而且芥川围绕作品世界的感性描写的丰富多彩有时也会力压群雄。如《地狱变》中的熊熊烈焰，英文版中的"Hell Screen"虽也令人过目难忘，但还是原作感觉更为强烈，直至令人窒息。

芥川堪称舞台设定与小说构思的巨匠。他是 voice 的达人。例如以平安时代末期为舞台的物语的叙述者就极为多样。他或者化身为 12 世纪社会中虚构的一员（《地狱变》和

《龙》），或者成为模仿当世研究者谈论"旧记"的观察者（《罗生门》），或者化身为神不知鬼不觉的无形编集者，收集目击者们围绕某一突发事件的数种证言（《竹林中》），或者化身为几乎不被读者意识到般消匿于无形却又能极为客观地进行清晰观察的写手（《鼻》）。

在现代题材的自传性作品中，或者以第三人称的叙述者围绕来历不明的"他"进行讲述（《一个傻瓜的一生》），或者同是第三人称的叙述者以堀川保吉（《文章》）和大导寺信辅等主人公（《大导寺信辅的半生》）为中心叙说。因为这些作品要求分别制造出新的 voice，其多样性要求译者动脑筋琢磨，同时也有新鲜有趣的一面。

然而，芥川有时会忍不住卖弄才华，展现日本版欧·亨利的趣味。难以称得上成功的芥川作品之所以让我们感到不快，就是因为他始终在为了使用技巧而使用技巧，没有把自己倾注在作品中，作为作家来说看上去就像是在挥霍才华。

对于刚开始思考自己生活的世界的中学生们来说，芥川虽然能够成为杰出的刺激性的作家，但他也有一些作品嘲讽太强烈，结尾的急转直下太过刻意设计，登场人物太平板化，很难将读者群维持到他们长大成人。对年龄渐长的读者而言，芥川能保持住意义的作品都出现在他开始在内心悄然怀疑自己的才气、日渐加剧的不安远多于鲜艳夺目的衣装的时期。

　　英语圈中通晓文学的读者们，即便没有看过黑泽明执导的《罗生门》（1950年），也会用"Rashōmon"。[①] 这一外来语描述"真实藏在竹林中"这一状况。《纽约客》杂志1993年4月12日刊登的才华横溢的漫画家罗兹·查斯特（Roz Chast）题为"西八四丁目的罗生门"的漫画中，便描绘了围绕一辆车大小的停车空地众说纷纭的多个场景。

　　"罗生门"这个词大概很少有英美人把它作为电影中出现的门的名字来使用吧。多角度切入来谈论错综复杂的事

①"罗生门"日语读音的罗马字母标音。

情并非出现在短篇小说《罗生门》中，而是来自《竹林中》，这一点也是异曲同工。可以说，人们也不会想到去留意原作者芥川是否登上电影演职员表。

因此，企鹅出版社决定在这次的短篇集中一定要将"Rashōmon"一词放进去。实际上，企鹅出版社希望用的题目是 *Rashōmon and Other Stories*（《〈罗生门〉与其他短篇》），我却希望使用与 1952 年发行的小岛翻译的译本不同的书名。那本书只收录了 6 篇作品［小岛的译本在吉姆·贾木许(Jim Jarmusch)导演的电影作品《幽灵狗》中也有些许出现］。企鹅·经典版的题目最终定为 *Rashōmon and Seventeen Other Stories*（《罗生门》与其他十七则故事）。

不是因为日本作家的身份而受到关注，而是作为全世界人们能够用心灵理解的小说写手在海外开拓了广阔的读者层、现在依然不断获得新读者的日本人作家，村上还是头一个。芥川在之前无疑也受到了一点关注——有限的一点，而且他主要是因为装满日本历史、充满异国情调的故事而受到瞩目。

我期盼企鹅·经典版的短篇集能够告诉喜爱村上作品的西方读者，芥川也值得受到关注。我希望读者在欣赏展示了日本独特气质和表现的作品群的同时，也能够因了解芥川个人的体验而被打动。并且我也衷心希望这部短篇集能够向日本读者展示这位国内屈指可数的作家的新的视角。

根据杰伊·鲁宾编、畔柳和代译：《芥川龙之介短篇集》（新潮社，2007年），第9—15、27页修订。

能乐与歌剧的珍稀组合

奋进高效的工作

在美国，很少有机会看到能乐，但 2013 年 6 月与 2014 年 9 月，我却幸运地得到在西雅图观赏能乐的机会。

西雅图是充满活力的戏剧之城。在不同领域的剧场中格外具有独创性与活力的大剧院里，有处剧场名为 ACT 剧院（ACT Theatre）。所谓 ACT，是 "A Contemporary Theatre(时代剧院)" 的首字母缩写。正如它的名字，ACT Theatre 演出的节目大半都涉及 "时代性" 的现代社会和现代问题。

虽然这处剧院的口号是 "A Theatre of new ideas: raising consciousness through A Contemporary Theatre(新

思想剧场：通过时代戏剧提高意识)"，但也时时上演取材于古典的新剧，例如 2012 年将《罗摩衍那》搬上舞台并大获成功。接下来的 2017 年，该剧院野心勃勃地计划上演《平家物语》，现在正在着手准备。

言归正传，2014 年 9 月上演的剧目是"能乐的美丽：巴与义仲"，副标题为"两则来自日本史诗《平家物语》的爱情故事"，也就是说，这场戏是要讲述来自《平家物语》的两则爱情故事。

第 1 部是传统能乐《巴》，第 2 部是 *Yoshinaka* ①，这是现代歌剧划时期的崭新组合。9 月 26 日至 28 日期间上演过四回，都是座无虚席的盛况。原本的策划人是华盛顿大学的客座研究员、关西学院大学传媒信息系的井垣伸子教授。居住在西雅图的制片人纯子·古德伊尔（Junko Goodyear）也加入合作，二人以奋进高效的行动将这出戏剧导向成功。

---

① Yoshinaka 是"义仲"的日语发音。

第 1 部是观世流①演出，仕手方②是武田宗典。地谣和后见③都是武田家的能乐师，地谣虽然只有 3 人，却是强有力的集大成杂子④阵容（龟井洋祐、住驹充彦、藤田贵宽）。

为了减少语言问题，舞台上悬挂着大屏幕，显示一行一行的英文字幕。翻译来自华盛顿大学的能乐专家波尔·阿特金斯教授晓畅的文字。故事梗概和背景说明因发了阿特金斯先生的解说单，所以开演前我只进行了 3 分钟的解说。

众所周知，《巴》取材于《平家物语》，谣曲表现的是女武者巴御前因未能与既是恋人又是主君的木曾义仲并肩战死沙场而饮恨。第 2 部歌剧也以巴御前与义仲的恋情为背景，想象二人死后之事，场景设定为大津的义仲寺。

----

① "观世流"是能乐仕手方的五大流派之一，其余四个流派分别为金春、宝生、金刚、喜多，"观世流"也是现今日本最大的能乐团体。
② 能乐中扮演主角的能乐师，有观世、金春、宝生、金刚、喜多五个流派，除了扮演主角以外，还会担任配角、童角、地谣和后见。
③ 能乐中担任后台辅助工作的人
④ 能乐中的伴奏音乐。

173

武田宗典先生

公演彩排之夜

　　义仲寺是巴御前为悼念义仲修建的寺院，据说后来俳
人松尾芭蕉也钟情义仲寺，在病榻上嘱托将自己的遗骨送
入义仲寺安葬。在 Yoshinaka 这幕剧中，芭蕉、巴御前、
木曾义仲悉数登场，里面穿插着芭蕉的俳句，在《巴》之后
展开诗的世界。

　　最后圣观音登场，巴御前与义仲的灵魂重归于好。除了
担任仕手方，武田宗典还扮演了圣观音的角色，挑战能挂[①]

① 模仿能乐的戏剧的演技及脚本。

的动作和以英语进行的强有力的谣曲，结果可喜可贺。

作曲家加瑞特·费希尔和作词者艾米·施罗德也都是居住在西雅图的美国人，重点中的重点是虽然加入了日语，但剧本整体是用英文写出的。我想，将《巴》与 *Yoshinaka* 组合起来的节目单就是传统文化的现代创造。可能的话，我希望也能在西雅图以外的地方及日本各地进行公演。

能进行这场公演，井垣伸子教授与纯子·古德伊尔女士等有先见之明的人士功不可没，但若非能乐这一日本传统艺能充满活力，这样的现代性创造大概也是无法想象的。倘若能乐只是彻头彻尾的老古董，那无论如何努力，也应该无法预见它能够对着现代的，而且是外国人的心灵进行诉说。问题在于如何不通过解说及学问上的解释，而能让这种传统文化的精髓直接抓住现代人的心灵呢？

利用最新技术让观众看到英文字幕，是非常奏效的办法（后来我听说，实际上，不少无法听懂谣曲的日本观众也是靠字幕进行理解）。

歌剧 *Yoshinaka* 中，将原故事进行了独创性改编，音乐也依照西方风格进行作曲，通过这种方式使 21 世纪的美国人懂得了木曾义仲的后悔和巴御前的威力，这可以说是极大的成功。

2017 年即将在 ACT 剧院上演的《平家物语》，也让我对它将如何向人们传达故事的精髓充满期待。只不过我不知道，如果台词全部变成英语，原作的意境还能传达出多少呢？

"祇园精舍钟声扬，诸行无常余音袅"，也许这种意境无论如何都只有用日语才能传达，但我想，难道不正是因为原作饱含力量，才有可能用任何一种形式面向现代人的心灵诉说吗？

因误译产生的"风俗坏乱"

发现翻译中的严重错误

2014 年 4 月 8 日，横滨世织书房出版了我的研究专著《风俗坏乱——明治国家与文艺检阅》的日文翻译版，全书共 500 页。原书名为 *Injurious to Public Morals*：*Writers and the Meiji State*，由位于华盛顿州西雅图的华盛顿大学出版部（University of Washington Press）于 1984 年出版。

在日文版的序中，关于原书的诞生与日文版译本的实现做了如下说明：

关于文艺审查的资料居然会如此多地涉及从未受到过审查处分的夏目漱石，这或许会让日本读者感到讶异。本书实际上诞生于我翻译漱石的演讲"我的个人主义"时进行的背景调查，因此也许有可能从更广阔的文脉中把握、阅读本书整体、漱石及他关于小说家社会作用的见解。

当时，我因查找这篇演讲的文化环境相关信息，竟发现关于明治后期、大正初期知识分子的重要研究著作中存在严重的翻译错误。

那位作者意欲解说漱石的思考多么暧昧，引用了漱石的论文"文艺委员会要做什么"中的数段。我对照日语原文读这位作者的译文，发现"暧昧的"只是他的日语理解。

这位作者将漱石十分明快的日语译成了几乎词不达意的英语。对此感到愤慨的我决心纠正对自己喜爱的漱石的误解。因此，进一步调查漱石当时的论文"文艺委员会要做什么"中对之发起挑战的文艺委员会便成了当务之急。

我的结论是，漱石的立场不仅完全不存在"暧昧"，而且事实上是十分值得赞赏的毅然决然。就这样，在我翻译"我的个人主义"期间，开始思考明治作家社会作用这一更大的问题。

漱石的演讲中还存在另外一个问题，最终这些细琐的问题都解决了，而这却成为我最终执笔《风俗坏乱》一书的重要缘起。

在"我的个人主义"中，漱石提到了他在《朝日新闻》的一个门生与三宅雪岭负责的杂志《日本及日本人》的职员之间的对立，这件事似乎令漱石十分不快。我对这场对立也很感兴趣，希望找出曾登载过其证据的《朝日新闻》与《日本及日本人》。

竟然存在见解相同之人!

调查过程中，我偶然发现了自己当时任教的华盛顿大学东亚图书馆馆藏的非常棒的微缩胶卷，从而很快了解到，漱石不愉快的根源实际上是门生森田草平与三宅雪岭的手下之间十分愚蠢的论战。另外，在这次调查中，我的目光停留在了之前从未见过的、与被称作"发售禁止"现象相关的几则新闻报道。结束"我的个人主义"的翻译之后，我便开始搜集与审查制度相关的信息。

　　我希望了解的是，这项制度如何发挥作用？谁在进行审查？而对作家而言，这是多严重的问题？很明显，这无疑与文艺委员会问题以及更深层的小说家的社会功能问题有着深刻的联系。

　　我随后了解到，迄今为止自己读过的明治文学都是以某种形式通过审查的作品。我还想知道，这项制度有多严格？是否给近代日本文学发展历史本身带来影响？

　　更令我吃惊的是，有定评的近代日本文学史资料中几乎没有提及审查制度的，或者只是一带而过，仿佛读者理所当然该了解审查制度一样。

　　查找审查制度相关资料时，我找到了好几本先驱性著作，但都不是体系性分析审查制度的，似乎不能回答我所有的疑问。于是我再次重返那些微缩胶卷，除了《日本及日本人》，还花了两三个月浏览《太阳》、《国民新闻》、《中央公论》及其他定期发行的刊物。

到这一步，我终于发现了今井泰子的论考"明治末文坛鸟瞰图"。发现有日本研究者在包围在文艺委员会及当时的作家们周围的政治性、历史性问题上和我持相同见解，自是十分欢喜。我立刻给今井女士写信并寄去书的英文版，翻译我的研究专著的计划也从与今井女士的通信中诞生。今井女士先与大木俊夫先生共同翻译了数章，但因为原书的卷本太厚，后又加入木股知史先生、何野贤司先生与铃木津美子女士三位译者共同分担。

几年后发生阪神·淡路大震灾，给这个项目带来沉重打击。2009 年，今井泰子女士也不幸离世。

这些不幸没有让我们气馁，说《风俗坏乱》的策划能取得成功，完全仰仗负责编辑与校正收尾阶段整体工作的木股知史先生的全力以赴也并无言过其实。在此我对木股先生及世织书房的伊藤晶宣先生致以衷心的感谢。在无数人的帮助下，这个项目自原书出版后历经 27 年的漫长岁月终于得以出版。

"日文研"、女儿与儿子

在京都的日子

　　为了研究能乐，自 1995 年起，我在京都市西京区的国际日本文化研究中心度过了一年的时光。那里通常被称作"日文研"，是 1958 年设置的研究机构。现任所长小松和彦在"日文研"正式网页上的"所长寄语"中做了如下解说：

　　　　国际日本文化研究中心（日文研）是由国家出资运营的、在国际联合・协作的前提下进行日本文化及历史研究，同时肩负支援国外日本研究人员的重大使命的大学共同利用机构。为推进这一使命，研究中心负责组织包括国内外研究者参与的共同研究会，并在海外举行各种国际研究集会。此外，研究中心每年从海外邀请15名左右社会科学各领域的研究人员，基于最新研究成果和信息进行自由的、创造性的研究活动。

在全球化世界中，现今的日本研究不应仅局限于日本讨论日本的文化构造及特质，也应从"世界中的日本"、"亚洲中的日本"等更开阔的视点出发，积极进行比较研究、文化间的相互交流及历史性变迁，不断提高基于国际联合·协作的复眼式观点出发的研究必要性。

日文研是为应对这一新的状况诞生的机构，重视超越传统学问分野藩篱的问题意识，嘉奖在学际性·综合性视野下的研究，致力于另辟蹊径的课题与研究领域的开拓，已取得丰硕成果。

1995年9月的京都依旧暑热连连，当时的日文研正处于扩张中，周边地域也刚开始建设新的社区，人烟稀少，在下坡处零星分布着邮局、银行、食品店、餐馆等。公交车也很少，暑热中抱着购物袋爬长长的上坡虽然有益健康，但搬运的量毕竟有限，而且我难得逗留京都，所以决定买辆二手车以拓展行动范围。

于是我便对村上春树讲了这一想法，碰巧村上的朋友正想卖车，交涉过程进展顺利。我必须去东京提车，但恰好当时新潮社村上先生的责任编辑来京都办事，便帮我把车送了过来。虽然京都的路让他晕头转向，但依然赶在深夜帮我把车平安送到，真是感谢万分。

日文研正因出行不方便而格外安静，我每天的生活便是在那里专注于研究，但结束研究后没有任何约束，所以能够无忧无虑地去京都的寺庙、神社、博物馆、美术馆，去奈良远足，还欣赏了吉野的樱花、一连三日地饱览薪能①

---

① "薪能"是日本祭神能乐中的一种，阴历2月6日起，在奈良兴福寺"修二会"期间举办一周。也泛指各神社和寺院在夜间野外举行的篝火能乐。

一家四口相聚日本

　　那一年好运连连。在佛蒙特州米德尔伯里学院读三年级的女儿花儿参加了大学三年级出国项目（Junior Year Abroad），为了在京都的国际语言学院学习日语，决定开始为期一年的家庭寄宿体验。她寄宿的地方是离日文研不到30分钟的下京区，这令我们夫妇十分欢喜，然而对离开父母、千里迢迢来到国外的女儿来说可能就是帮倒忙了。

　　更幸运的是，身在洛杉矶的儿子源也来了日本。源是流行音乐、舞蹈、摇滚、R&B等领域的作词作曲家。IV Xample组合收录了7首由他作曲的歌曲，唱片在日本也大热，所以当时IV Xample组合所属的MCA综合部策划在日本举行音乐会，我儿子便作为音乐指导兼电子键盘乐手来到日本。

　　音乐会在东京举办两场，在名古屋、大阪巡演后，最后又回到东京，总共办了五场，会场全部在CLUB QUATTRO。

第一场在涩谷 CLUB QUATTRO，村上夫妇、我妻子的同学和朋友都来捧场，来了个开门红。接下来在名古屋和大阪的音乐会也受到好评。我们一家四口通过意想不到的偶然，在日本共度了一周多的时光。

后来，源于 1997 年与 Baby Face^① 签约时，为玛丽·J·布莱姬、阿雷莎·弗兰克林等人提供乐曲，特别值得一提的是，他为拉丁歌手宝琳娜·卢比奥写的 *Don't Say Goodbye* 高居美国音乐排行榜前列，在拉丁系国家墨西哥、西班牙、波多黎各等国成为榜首单曲。接下来，他为同是拉丁歌手的路易斯·冯西写的 *Aqui Estoy Yo* 被推选为拉丁·格莱美奖的年度单曲，令人欣喜。

除美国以外，源还为日本［"圣堂教父"（The Gospellers）、福原美穗］、韩国（少女时代）、中国等国的歌手提供乐曲。他现在是自由职业者，除作词作曲、管弦乐、音乐重新合成之外，在电子键盘、吉他演奏等技术层面，从唱片录制工程师、混音工程师到调音师等无所不能，电视、电影、CM 的乐曲提供自不必说，还广泛涉猎音乐录像带的制作等。

我儿子源最近担心起步入高龄期后期的我来，搬到西雅图我家附近。是不是因为住在研究日本文学的我的近前，源的意识才会离日本更近呢？源也在积极推动在日本的活动，这实在令我高兴。

日文研与偶然的恩赐

大雪带来的偶遇

我们一家四口就像前一节说的那样共同在日本度过一段时光，此外，在日文研的这一年还偶然将我带到一个意想不到的地方。

日文研每月会以"日文研集会"为名举行一次公开演讲，我讲演的日子定于 1996 年 2 月 13 日。因为要用日语进行讲演，所以颇需要一定的准备时间，等我终于想出文稿方案时，已是 1995 年 12 月前后。那个月下了许多场雪。

特别是 12 月 25 日圣诞节那天，日文研的积雪达到 30 厘米之厚，以致我一连三日无法开车，真是难得一见的大雪。我在这期间阅读了能剧《钵木》。《钵木》讲述的是为两名游僧提供一夜住宿的老年武士没有御寒柴薪，便把自己的宝贝"钵木"，也就是盆栽，烧了为僧侣取暖的故事。

《钵木》中下个不停的大雪也一直在我脑中下个不停，往外看去，一片皑皑雪景。于是我决定将演讲题目定为"京之雪、能之雪"。

讲演结束后，一名身着和服短褂裙裤的男士过来搭话，他是京都观世流能乐师仕手方河村晴久先生。河村先生后来为我风趣诙谐地讲述了他得知这次演讲的经过，那竟是偶然牵出偶然的一连串趣事的结果。

河村先生自 1994 年起，一直在负责位于京都四条乌丸的佛教大学四条中心开设的面向社会的讲座"能的邀约"，森川善一先生从讲座早期就一次不落地过去听讲，河村先生就是从他那里听说了 1996 年 2 月 13 日有场题为"京之雪、能之雪"的讲座。

说起河村先生为何要在佛教中心开讲座，还是因为佛教大学企划课的树下隆兴先生的儿子千慧自小学入学就一直在河村先生身边学习仕舞①，这成了他为河村先生的能乐讲座进行准备策划的缘起，而千慧来学习仕舞又是一个偶然。

河村家族的惯例是每年的 1 月 1 日清晨 6 点开始在下鸭神社的桥殿（一处跨河建筑）上举行祭神的谣曲和仕舞表演，所以会于头一天除夕时进行桥殿大扫除。这处桥殿是重要的文化财产，也是很了不起的建筑，但毕竟位于户外，也缺少围墙保护，地板上会进入沙土，变得泥泞，所以必须顶着严寒一遍一遍地擦拭。就在反复涮洗拖布的时候，有个名叫河合亨的人过来打招呼。

那么河合亨又是为何在除夕来到下鸭神社的呢？原来前一天他来下鸭神社参拜时，看到有处和自己同姓的河合神社，于是便打算捐点香火钱。可是他投进功德箱里的不

① 能乐演出时，主角身穿礼服裙裤在伴唱下跳的独舞。

是香火钱，竟把右手里拿着的钱包投了进去。

河合先生着了急，赶紧把手伸进功德箱取出钱包，重新投放香火钱后回了家，可是当晚他又变了主意，想着已交给神明的东西取回来不太好，于是再次来到下鸭神社，奉上整个钱包，因而碰到了正在打扫卫生的河村先生。

后来，他便开始和河合先生有了来往，河合先生的表弟便是树下先生，就这样，树下先生的儿子开始前来学习仕舞。

"如果河合先生没搞错左右手，没投错香火钱和钱包，那就不会有他与我的偶遇，也不会有树下千慧君的学习和佛教大学四条中心的讲座，那么，和杰伊·鲁宾先生您的缘分也无从诞生了。下鸭神社是鸭川和高野川的交汇点，河流交汇的地方古来就是人偶遇之处。在能乐中也是的，《班女》、《水无月祓》、《生田敦盛》等能乐中，都是去下鸭碰到要找的人。现在之所以也真实地存在偶遇，也是贺茂的神明在引导我们。"

偶然的连续

不用说，从集会那天起，我和河村先生就开始了亲密的交流，我还被多次邀请观赏保留了传统风貌的河村能乐表演，包括观赏代代相传的漂亮能面及紧着整间屋子铺展开晾晒能乐服装时的金碧辉煌，这些都是诞生于偶然的恩赐。

不仅如此，因为我很钦佩河村先生对能乐的热爱，还有他除了用日语，还能用熟练的英语进行表演，所以1997年秋，我邀请数名河村能乐家来到哈佛大学作报告并表演，使美国人也有机会接触地道的能乐。

5年后的2000年，我再次回到日文研工作一年时间。我担任的是以综合调研、探讨能乐为主旨的共同研究小组的负责人，河村先生为这次策划做出巨大贡献。

这个小组的目标与众不同，它并非像以往那样专由能乐学者组成，而是有各种各样的面孔，首先是能乐演员河村先生和他的演员同伴、杂子乐队、古代日本音乐研究者、居住在东京的美国能乐研究者、能乐服装研究者，此外还有能乐研究的日本学者、外国来日本的能乐学者、对能乐感兴趣的学者（法国文学、比较文学、东西美术·文化方面造诣深厚的芳贺徹教授的加入也让这次大会掀起高潮）、大学院研究生等。2000年6月至2001年3月期间，总共举办了5次研究会，每次历时2天。参会人员当然包括京都本地人，也有从东京、大阪、静冈、广岛、福冈，甚至千里迢迢从长崎赶来、需要住宿的成员，对我而言，称之为"梦之队"一点都不为过。详情请参考西野春雄、田代庆一郎、大山范子编的报告资料《桂坂谣曲谈义》（日文研丛书37）。

1年时间转眼即逝，虽然依依惜别愉快的研究会，但托研究会的福，我得以和隐居妻子故乡（佐贺县）附近的能乐研究专家、筑波大学名誉教授田代庆一郎先生一直从那时交往到他2013年与世长辞。至今我依然经常与西野春雄先生和芳贺徹先生在东京见面重温旧谊。

在我 2015 年出版的小说《岁月之光》中，写了身为美国人的主人公来日本研究能乐，与能乐专业的两名大学院研究生成为朋友，并且他们的名字来自田代庆一郎先生和西野春雄先生，这一点都不偶然。就这样，我在日文研的时光就是无数偶然的连续。

平成时期的畅销书《三四郎》

我给美国大学生教授日本文学长达 40 年之久，第一堂课时我会问学生们："你们为什么要选修这门近现代日本文学入门课呢?"2000 年以后的学生们几乎异口同声回答："为了读村上春树的作品。"我当然也会教村上以外的作家，其中最受欢迎的作品中就有夏目漱石的《三四郎》。虽然是明治四十一年发行的 100 多年以前的小说了，但 21 世纪的美国学生却在上面投射了自己的姿影并为之感动。

英国的企鹅出版社也认同《三四郎》的时代性，不仅决定 2009 年推出我 1977 年英译版本的再版，而且于 2016 年从数量众多的企鹅·经典系列全部作品中挑选 20 部，推出 *Penguin Pocket Classics*（企鹅经典精选）全新系列，其中《三四郎》是受到特别对待的作品，换了新的封面重版。

对现代读者而言，《三四郎》的魅力在哪里呢？

《三四郎》常常被说成教养小说，从这部作品描写了"接触都市新空气"（漱石关于《三四郎》的预告）的 23 岁乡下青年来看，把它看作"描写主人公逐渐觉醒到自己与外界的关系并确立自我的过程"[①] 的教养小说也是理所当然的吧。然而，三四郎除了在开头时"迷迷糊糊睁开了眼"之外，并没怎么显示他明确"觉醒"，明确的自我确立的过程也没怎么实现。

第 1 章从大约 8 月末的时候开始，第 12 章以大学寒假前母亲发来"几时动身"的电报结束，一共 5 个月。最后一章第 13 章很短，由翌年 2、3 月前后某一天里的琐事构成。

在这 5 个月和 1 天里，三四郎几乎没有变化。他抱着"面向大的未来"（一）（一＝第 1 章）的想法来到东京接受教育，但教育的结果是否让三四郎的性格和思维方式产生了

---

① 福田陆太郎、村松定孝共编：《文学用语解说辞典》（东京堂出版，1971 年），第 72 页。

变化呢？没有一处能够为此提供佐证。

"三四郎当时(大学第一堂课上)记住了 answer 一词出自盎格鲁-撒克逊语的 andswan，还记住了司各特就读小学所在的村庄名。他把它们全部小心翼翼地记在了笔记本里。"(三)

然后到了小说快结束的时候，三四郎从广田老师那里学到关于希腊剧场那些与之同样琐碎的东西时，只是"感佩道：咦?"

正如三四郎自己在第 6 章里想的那样，"自己刚从乡下进入大学，既没有像样的学问，也没有像样的见识"般缺少见识。

尽管主人公几乎没有发生变化，但因为是年轻人的小说，期待发生点戏剧性事件也是理所当然的吧。亲眼目睹死亡的冲击性场面的确存在，但三四郎很快就忘记了。"三四郎从未仔细考虑过生死的问题。在思考方面，青春的血尚过于热了。"(十)

在主人公几乎没有变化及几乎没有什么戏剧性事件发生这两点上，或可说《三四郎》是青春小说中鲜有的作品。

漱石在《枕草》中利落地定义了 30 岁之前的人生。"花了二十年住在世上，懂得了这是个有居住价值的世界。花了二十五年领悟到，明暗正如表里，阳光照到的地方一定会有阴影投下。在三十岁的今天——"（一）

然而 30 岁怎样都无所谓了。因为三四郎还没到 25 岁的年龄段。"阳光照到的地方·定会有阴影投下"、"明暗"的世界依然在他眼前流转，住在这个世上的人在他的眼里却只是"身着白衣的人和身着黑衣的人"。

可是人并不完全非明即暗，而是"被置于某种状况下的人具有向相反方向作用的能力与权力"的复杂存在。

三四郎是个尚未觉悟这一简单事实的 23 岁青年。但正如广田先生在梦中所思："宇宙的法则虽然一成不变，但被法则支配着的宇宙间的一切都必然改变"，三四郎总有一天也必须改变。在最后的第 13 章中，三四郎正从虚岁 23 岁走向 24 岁，正是对此作出暗示。

在年轻的三四郎明亮的世界里，影子正渐渐变得浓重。但直到最后，三四郎也未受到使之幻灭的强烈冲击。《三四郎》是走向幻灭的序曲，却仍旧包含了足够接纳笑与光的余裕。这独特的气质吸引了国外的大学生，今后"企鹅经典精选"的众多读者也必定会欣赏这本与众不同的教养小说。

饭团与岁月的流逝

午餐时的突发事件

因为定下去西雅图市的华盛顿大学教日本文学，1975年夏天，我们一家四口自东向西横穿了美国大陆。从闷热的波士顿来到堪称如印第安之夏般低湿度的舒适避暑胜地，不用说，那一瞬间我们就喜欢上了西雅图。

环绕在山、海、湖之间，到处都是盛不下的绿水青山，一排排的人家也安宁祥和，超市里水果蔬菜的丰富新鲜也与波士顿不可同日而语。每天饕餮堆积如山的葡萄成了美好的回忆。

特别值得一提的是，这里有家叫"宇和岛屋"的大型日本食材超市。维持这等规模的超市，日本、亚洲顾客大概不会少，我有种强烈感觉，不仅是地理上的靠近，而是真的离日本很近了。

我的两个孩子都还没入小学，选择住所的首要条件是学区的好坏。我向大学里的人打听，他们告诉我华盛顿湖对岸郊区的美色岛最佳，好过大学附近的西雅图市区，第二就是贝尔维尤。美色岛是高档住宅区，凭我大学教授的工资根本不可能，所以最终我们选择落脚在贝尔维尤。

我们买的房子是典型的中产阶级那种紧凑户型，但院子够大，还有南向大窗，雨天也很敞亮，而且临近小商业区，生活便利，住在附近的人大多是在波音公司上班的工程师。

我儿子源一年后进入贝尔维尤公立小学，学生是几乎可被称为"白百合"的清一色白种人，看不到黑人，我儿子那样的亚洲混血儿也寥寥无几，但是负责的老师却难得是位年轻的黑人女士，她有着闪着咖啡色光泽的肌肤、牙齿雪白、笑容朗朗、活泼迷人，叫作约翰逊太太。

那是一天中午的午餐时间。当时（现在也是）并非完全由学校供餐，而是由学校在月末发下一个月的食谱，想买的学生交钱买即可，源是自带盒饭。他的午餐盒里有时也会有三明治或花生酱，但多数时候是饭团。

到了午饭时间，大家都取出各自的午餐叽叽喳喳边说边开始吃，源前面的一个男孩子突然回过头来。

"好臭好臭！是你的便当臭吧？"

他紧紧盯着源的饭团，指着海苔问："喂，那个黑色的纸是什么？"又大声起哄，"你吃纸吗？喂——源在吃纸呢！"这时，约翰逊太太立即来到源的身边。

"哇——这不是寿司吗？我好喜欢吃寿司，让我尝一点吧。"她伸出手来。随后，约翰逊太太洋洋自得地讲了寿司的美味（虽然源带的是饭团）。她说她的学校里有日本人，她在那里吃过寿司，然后，她补充道："源，你可真够幸运啊，每天都能吃到这么美味的东西。"被约翰逊太太这番赞美所刺激，之前起哄的几个学生战战兢兢地试吃了饭团，其中的两个还成了忠实的寿司爱好者，妻子多做一些饭团成了每天早上的日课。

不久，一个名叫司各特的孩子的妈妈甚至过来请求教她寿司的做法。可以说，在约翰逊太太这样的老师的班级里，儿子才是真的幸运。

恰好就在那一时期，源开始学习钢琴。第一位老师普拉西娅认为源有音乐天分，就把他带到华盛顿州数一数二的钢琴教师那里。那位老师，也就是宫本太太，是位出生于西雅图的日裔二代，她身材苗条，活力四射，很难想象已年近60。她着装品位不俗，给人的印象敏锐周到，是个时尚脱俗的人。

她的完美主义、彻底主义从最多只收11名学生一事也可窥一斑。有趣的是，这11人中白种人通常只占一二，其余的都是中国、日本、韩国等亚裔。这绝非因为老师是亚洲人。

不管是小提琴还是钢琴，有才华的学生绝对是亚裔占多数，这现象似乎不仅限于西雅图。据说源的表兄弟所在的波士顿也是，钢琴比赛中几乎都是亚裔名列前茅。

源在习练钢琴期间令我最记忆深刻的是他8岁时，因喜欢贝多芬的《月光曲》却不会读谱，所以光凭着耳朵听，用了7个月时间就能弹奏第一乐章了。我不由回忆起在那一时期，正在美国访问的江藤淳夫妇住在我家，听着源的《月光曲》，长途舟车劳顿的江藤先生睡了过去。

1960年代日本开始经济腾飞，1979年我的哈佛同事傅高义博士写的《日本第一》①又为之助力，日本受到了全世界的瞩目。大学里涌现了大批想学日语的学生，就连贝尔维尤都兴起日本商社进驻潮，携家带口的日本家庭也不断到来。

随之，希望增加日本人学校的呼声也越来越高，电影、动漫、漫画等面向日本人的商业也扩大起来。特别是日本餐馆、食品店也开始越来越多。酱油、豆腐、豆芽、白菜

---

① 译者注：英文名为 *Japan as Number One*。

等东西最初只能在附近的大型超市里见到，现在普通市场里也设有民族食品角，从海苔、羊栖菜、海带、梅干到牛蒡、山药、水菜都可以买到。

这是一个在园艺店里也能买到紫苏、日本黄瓜、茄子苗的时世。还有和果子、手工荞麦面、乌冬面专卖店，寿司就不用说了，连回转寿司、拉面都有，形成一股"日本热"。

在稍微高档一点的饭店里，面包粉、黑猪肉，甚至连"旨味（好味道）"一词都直接使用日语，恍如隔世。

就这样，仅举出贝尔维尤一地，变化就令人眼花缭乱。如今已成为小商业区中心的贝尔维尤广场在我入住当初还是带大煞风景的露天停车场的购物中心，如今已成为高楼林立的高级购物商场。

我家马路附近那些户型紧凑的旧房子一经卖出，马上就被接手的业主改头换面，建起令人难以置信的巨大住宅。这条马路两边本有 14 栋房子，还保留着旧房子未动的只剩下包括我家在内的 4 户，住着 70 多岁到 90 多岁住户的人家。

这 10 年来，我家也持续不断收到"现在出手可以卖个高价"的劝说信。有种被秃鹫瞄上、随时会死掉的心境……

30 年前的小说终见天日

源和女儿长期上的小学如今不仅不是"白百合"，还成了以中国人、韩国人、日本人为主的亚裔学生超过百分之四十的国际性学校了。贝尔维尤亚裔人口的增加速度在华盛顿州超过西雅图成为第一，外籍族裔的比例也占到了百分之四十四，这个数字令人吃惊。

倘若不发生太平洋战争，贝尔维尤也许过去和现在都依然保持着把饭团当家常饭吃的郊区模样。说来，战前的贝尔维尤因出产草莓而闻名，而几乎所有的草莓地都是第一代日裔移民在经营。

日本人有着漫长的美国移民历史。第一批 184 名日本劳工来到夏威夷还是 1868 年明治初年的事情。20 世纪前半叶，兴起往西海岸的加利福尼亚、俄勒冈、华盛顿州移民的热潮，但从一开始就有激烈的反日运动，特别是加利福尼亚州。到1924年，议会通过全面禁止日本人移民美国的移民法案，结果造成一代日裔移民的下一代成为年龄相差30年的二代，形成中间断层的独特社会。

1930年代的西雅图日本人口大约有8500人，有2家日语报纸、日本人学校、日本人协会、县人会、2座寺庙、6处基督教会，举行政治性集会、仪式，还有为戏剧、柔道、相扑等娱乐活动开设的日本场馆，是个秩序井然的小社会。

宫本太太就是在这样的西雅图度过了她终日与音乐为伴的青春时代。然而1941年12月7日，日军突袭珍珠港，西海岸所有日本人的生活遭到了连根拔起的破坏。罗斯福总统以军事上的必要为理由，于1942年2月19日签署"9066号总统令"，西海岸所有的日本人以及包括已是美国人的日裔二代总共12万人被不容分说地遭送到10处强制收容所。

和日本人同为轴心国的德国人和意大利人却不适用这项法令，所以不得不说这是完全违背宪法的人种歧视的法令。宫本夫妇被送进的是其中以残酷著称的加利福尼亚州的图里湖(Tule Lake)收容所。他们在气候严酷的地方，被铁条网圈起来，在士兵的监视下过着形同囚犯的生活。

我第一次了解到强制收容所的事实还是在芝加哥大学的大学院时，但那时也就是读了两三本相关书籍就丢下了。第一个接触到的实际经历过收容所生活的人是宫本太太。渐渐地，我与形形色色的体验者见面的机会越来越多，在听他们讲述的过程中，我了解到这是几乎被完全忽视，也不会在学校里被作为美国历史教授的历史污点，我一定要将之写成小说的想法越来越强烈。

幸运的是，西雅图的日裔在爱达荷州的米尼多卡(Minidoka)收容所发行的报纸、照片、体验记录等宝贵资料被华盛顿大学图书馆作为特别藏书收集起来，所以我和妻子一起，从 1985 年开始着手小说写作。两年后的 1987

年完成了 *The Sun Gods*，把它拿给两三家出版社，却被告知他们完全不感兴趣。那一阶段，我对出版已经不抱希望，重新回归一直在做的翻译。

那部小说在软盘中沉睡了 30 年，这期间好也罢、歹也罢，美国人对日本这个国家的兴趣越来越被带动起来。另一方面，日裔社会也到了第三代，他们开始撬开一直保持沉默的父母一代的嘴。通过他们积极的活动，里根总统于 1988 年签署了《市民自由法》（日裔美国人补偿法），正式公开谢罪。

这种社会变化加上正值战后 70 周年的节点，我 30 年前的小说终于有幸得见天日。也许可以说，时代终于追上了小说吧。

The Sun Gods 日语被译作《岁月之光》，日美同时出版，因之有巨大的变化降临我的身上。第一，我之前少有接触的日裔社会的各种团体开始邀请我去演讲，特别是通过西雅图的二代资深协会，我开始与众多强制收容亲历者

进行交流（据说前面提到的宇和岛超市的现任社长也曾经进过收容所）。

遗憾的是，一代二代收容所亲历者现在几乎都是 70 至 90 岁的高龄，每年都有不少人离世。华盛顿大学的社会学教授宫本太太 4 年前离世，享年 100 岁，源的钢琴老师宫本太太今年也迎来百岁诞辰，依然健在。

里根总统时代，美国政府向收容生存者每人支付 2 万美元赔偿金谢罪，此外还设立 5000 万美元（后来被压缩至 500 万）的教育基金。1996 年，其中的一部分用作启动永久保存西雅图强制收容所历史资料的网页"传承"的启动基金。

想起 30 年前，我趴在华盛顿大学图书馆的微缩胶卷上，日复一日地长时间盯着收容所资料，如今只消连接电脑，所有资料便可出现在眼前的"传承"之便利，再一次让我感觉岁月飞逝。

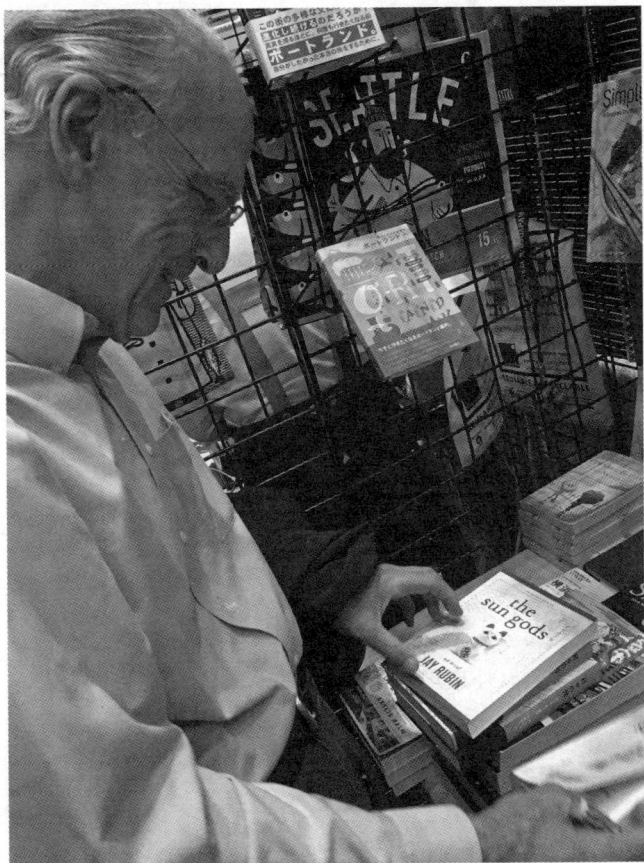

战前战后两次审查下的文艺

假如没有审查……

不消说，明治以后的近现代日本文学在世界文学中占有很高的地位，但在西方被广泛阅读的战前及战时的作品，如漱石的《心》和《三四郎》、芥川的《地狱变》和《丛林中》、川端的《雪国》和《千羽鹤》、谷崎的《痴人之爱》和《细雪》都无一例外是在审查盛行时期写成，但意识到这一点的读者除少数学者以外却几乎没有吧？

因为有大量多姿多彩的名作，所以日本的读者处于今天相对解放的时代里，也很容易忘记曾实施审查制度的事实。

假如战前的日本帝国政府没有实行审查制度，那么美国占领日本和太平洋战争就不可能发生，这样说也并不算言过其实。因为假如帝国政府没有实行审查制度，那么那个政府也许就不同于为我们熟知的那个帝国政府了。

我并非说审查是导致战争的原因，那是因为审查本身并非某种原因，而通常是某种结果。它是病症，而非疾病本身，病的名字就叫做权力丧失恐惧症。审查是有罪的自白，因为审查恰恰证明了当权者承认自己的权利有可能单凭语言和思考就能被颠覆。

比较一下战前的审查制度和占领期间的制度，最显而易见的就是这两项制度极其相似。正如江藤淳这样伟大的学者所言，如果说占领下的审查制给日本的精神生活带来危害，那并非因为占领军的审查与战前不同，而是因为与战前极为相似。

取代德康家族成为国家领导人的那些人为新政府的稳定费心耗神，这也可以说是顺理成章。这种不安定的状态一直持续到明治十年的西南战争，但正如法律学者奥平康弘在

1960 年代的先驱性研究中指出的那样，一直持续到昭和二十年的审查制的基础恰恰占据了那一非常时期的核心。[①]

明治元年的太政官布告逐渐成熟，终于发展成明治四十二年的"新闻纸法"。"新闻纸法"第二十三条中这样定义内务大臣的绝对权限："内务大臣认定新闻纸揭载事项中存在破坏秩序安定及伤及风化者，在有必要禁止其发售及颁布时，可强制处理。"

就这样，日本战败前的审查制体现了明治初年独特的权力丧失恐惧症。到了明治四十一年至四十四年执政的第二次桂太郎内阁时代，对所谓危险思想，特别对从海外输入的社会主义与个人主义的恐惧症愈演愈烈。强化审查的目的是拒斥这一有害事物自不必说，同时也意欲在社会各方面扩大家国观念和国民道德。

桂内阁希望汲取儒教传统，通过奖赏的方式培育善良的国民。他们对建立在新思想上的自然主义文学感到吃惊，

① 鹈饲信成他：《讲座　日本近代法发展史》(劲草书房，1967 年)。

于是向文部省颁布敕令，创建所谓文艺委员会，目的是奖励所谓健全的文艺创作。然而，森鸥外等委员只希望把奖授予那些完全不健全的文学，搞得文部省狼狈不堪。政府与作家之间本质性的对立在战争期间并未改变。

不过，战争期间的日本文学报国会于1942年设立，作家们的独立性就此宣告结束。甚至于大文豪谷崎润一郎都协助军部，写出《莫妄想》这样惨不忍睹的短篇小说。小说的主题是天照大神或将吹来神风云云，所以注定颇讨军部欢心。然而明治初年起，政府逐年耗费庞大的时间和金钱动员数千警察和官吏的结果，也不过仅得到谷崎这寂寥的一页而已。这样说来，或许并不能说这是政府获胜。总之，希望坚守自由的传统到最后，却最终屈服于军部威压的杂志《改造》的编辑松浦总三写下以下话语或许也就并非不可理解了。

"于我而言，一生之中最开心的日子莫过于太平洋战争战败的昭和二十年八月二十五日了。（中略）对于希望稍以自由的理性进行思考的人来说，战败前明治宪法下的日本被称为地狱并非过言。"①

"新闻尊则" 的规定

如果说战前和战时的日本是地狱，那么联军就应该是救世主。在宣布言论、宗教以及思想自由并以确立尊重基本人权为目标的"波茨坦宣言"的名义下，占领军将束缚表达、集会、结社等自由的旧法律一扫而光。然而，因为美军也有恐惧症，所以决定设立全新的审查机构取代消失的旧制度，统御所有的媒体。

与明治新任领导人理所当然的恐惧症相同，新占领军的恐惧症也并非不可理解。自己制造的原子弹烧过的残痕、破布头和绷带缠裹下营养失调的国民就在眼前，惧怕可能被复仇也是人之常情了吧？

① 松浦总三：《占领下的言论弹压》(现代传媒出版会，1974 年)，第 41 页。

说来，和明治初年的一样，占领军的审查制度里也包含着相当多自我防卫的意味。昭和二十年九月十九日颁布的"新闻尊则"中规定，针对联合国占领军妄加破坏性批判、招致对其不信任或怨恨的事项不得揭载。联军一边不遗余力地教导民主主义，一边恐惧着日本所谓的封建主义传统。他们压制武打题材，特别是以复仇为主题的内容，最初阶段几致歌舞伎遭遇覆亡。"新闻尊则"还规定，新闻报道必须严格遵守真实原则。

当然，审查官解释下的真实与一般人解释下的真实未必一致。为了尽可能消除这一解释问题，"新闻尊则"也做了如下规定。也就是说，报道要按照事实书写，编辑上的意见要绝对避免。然而这一准则实行起来困难重重，对于创作甚至可以说毫无意义。

在明治四十二年的往昔，关于小栗风叶《姐妹》一书被禁止发售一事，永井荷风如此说："当局没有将我们发表的小说看作文学艺术，而是当作活字印刷的出版物对待。"

占领时代的文学也是被当作新闻报道来读，只在内容事实如何编辑这一意见层面上进行评判。

宣布民主主义与言论自由的美军知道，实施审查制一旦被人了解，自己就难免被批判为伪善者，所以连存在审查制度都不写出来。与之相比，战前的制度似乎倒是坦坦荡荡的了，然而，这是因为在以权威主义为传统的日本，拥有根本权威的人感到有必要隐瞒自己凌驾于普通人头上的事实吧。

为了不至于作为摧毁自由的盟友、宽大的君临者的美国形象，占领军意欲将广岛、长崎烧毁后的满目疮痍从日本人的视线中抹掉。然而，他们最终感到无法隐瞒一颗原子弹将整座城市掀翻又摔落在地这一非人道的业绩而放弃，允许以科学、客观的记录见诸报纸。然而所谓编辑上的意见还要另当别论。昭和二十年九月十八日、十九日，《朝日新闻》被命令禁止发售的理由就与社论内容涉及使用原子弹违背国际法有关。

每逢联军审查机构审查大型出版物，都要雇佣数百名日本人审查员（即所谓 briefer）。在马里兰大学图书馆布兰格文库在库的占领审查资料中，我发现了下面这份颇有意思的资料。有份英文笔记是一名叫 M·山本的审查员建议美国将校上司对昭和二十二年一月的《新潮》活字印刷版进行大幅删除。读了之后，就会清楚坂口安吾的《去恋爱》多么为山本先生所不喜。

"主人公与恋人性的陶醉竟写了二十三行之多。虽然我知道淫猥文章并不违反新闻尊则，但为了战后日本文学的健全发展，我建议进行删减。"

从这里可以了解到，日本审查员希望美军将校实施的正是内务省战前挂在嘴上的"健全"标准。所幸将校拒绝了他，使得小说得以原封不动地出版。

同样的事情也发生在舟桥圣一的《肉之火》上，当时美国将校不仅没有弹压小说，反而命令比开始那位审查员更懂英语的审查员将淫猥部分全部翻译成明了的文体交还给他。第二位审查员提出除《肉之火》以外，还应禁止太宰治的《母亲》，但两者最终都顺利登载到了杂志上。

战前审查制度始于明治元年，但实际上从庆应四年开始，一直实施到战败，持续 77 年之久。而占领审查制度积极实施是在昭和二十年九、十月至昭和二十四年十一月的 4 年之间，然而布兰格文库中收集的昭和二十四年几乎所有读物上都盖着审查通过的印章。

当时占领军最希望强力遏止的原爆读物也并未受到太长时间的弹压。昭和二十年十一月完成的大田洋子的《尸街》就没有被审查官要求大幅删减，但编辑同意出版已是昭和二十三年十一月了，那之前还有几部像阿川弘之的《年年岁岁》和原民喜的《夏花》那样的原爆文学出版。

《尸街》不仅最悲惨的描写被免于删除，连对投放原子弹的美国的批判都原样保留下来。这部作品未删减出版是

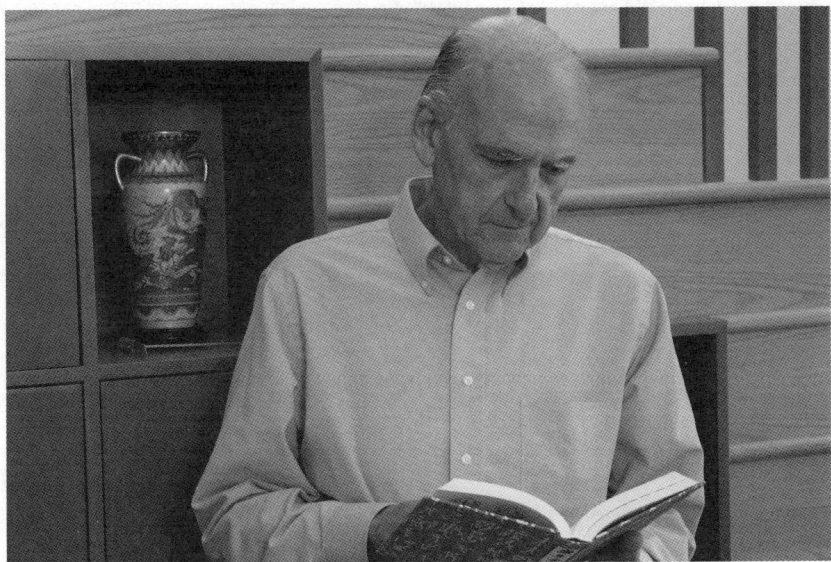

在赫西(Jolui Hersey)的日语版《广岛》终于获得许可得以出版的第二年，也就是昭和二十五年。原爆读物中最有力地描写了原爆体验的是大田的《人间褴褛》，其单行本发行是在讲和条约生效的 7 个月之前。

如此看来，我们可以了解到，审查在逐渐变得宽容。然而，条约生效后，原爆相关读物洪水般出现这一事实依然昭示，即便联军并未积极推行审查，但占领军存在本身已形成言论弹压的效果。

总之，审查这种东西为期愈短愈好，我实难认为 6 年半的占领审查会像 77 年的帝国审查那样伤害日本人的精神生活。

本稿为我于 1982 年 11 月 21 日在大手町的经团连会馆举行的国际学术会议上的发表：报道"日本占领研究"的"麦克阿瑟的审查——3 愚钝的自白"(《诸君》1983 年 4 月号)，依此文修订。

放大镜下的翻译

指出误译的邮件

2007 年 12 月 7 日，我收到一封意想不到的邮件。邮件名是"日本文学英译中的错误解释"（Misinterpretations in English Translations of Japanese Literature）。邮件中用流畅的英语这样写道：

亲爱的鲁宾先生：

我是你日本文学翻译（村上、芥川等）的一名读者，是有 40 年历史的大阪英语文学读书会的成员。今年春天，我在读书会上拜读了先生翻译的《盲柳与睡女》（*Blind Willow，Sleeping Women*）和《芥川龙之介短篇集》(*Rashōmon and 17 Other Stories*)。由此为启发，我想尝试调查一下日本文学被英译时，译者怎样错误解释了原文？调查结果用了150页A4纸，里面除了先生您，还包括加布里埃尔和伯恩鲍姆的英文翻译。

　　一般来说，译者不会喜欢自己公开出版的译作被仔仔细细地检查。我之所以斗胆吹毛求疵，是因为我们日本译者的误译经常被质疑，而英美人的误译却不被当回事。

　　如果阁下感兴趣，我会把我的调查结果添加在附件中发给您。

前田尚作

我第二天回信如下：

亲爱的前田先生：

　　我心怀感激地拜读了您饶有趣味的留言。我想，自然没有一个译者会因为自己犯的错误被公之于众而感到欢喜，但的确很少有人会将日语原著和英译进行比较校对。这一点我们也常感遗憾。也许我们应该倾听一下来自有洞察力的人的批评吧。

不知读书会的诸位朋友读了我的芥川短篇集感觉如何？我在那本书上颇下了些工夫，将海量芥川作品全部调查一遍，择不为世人所知的作品翻译出来。听闻因此提高了读者对芥川被埋没名作的关心度，我十分欣喜。

我当然希望一读你的原稿，但似乎量很大，恐我难以即刻回信。如果可以，能否请你告知读书会的情况？愿闻其详。

杰伊·鲁宾

前田先生发来邮件，向我说明了读书会的历史：

我们的读书会并非学术研究会，也不是大学院里常见的那种讨论会。我们只是每个月读一本英文书，互相谈谈读后感而已。这个会40年前发起，担任大阪帝塚山学院短期大学英语教师的美国人约翰·巴克斯先生在大阪高等学校英语教师夏季讲习会上任教，读书会就因这期间我们和他的相遇而诞生。提出"讲习会结束后想再和巴克斯先生一起阅读英语小说"的年轻教师们每月一次聚集到巴克斯先生家，用英语谈论靠字典埋首苦读下来的书。在当时自不必说，就是在今天，我想这种读书会也很宝贵。

遗憾的是，巴克斯先生三年前辞世，享年76岁，读书会上的语言换成了日语，持续至今。

除去我在奈良的大学任教的13年，从读书会发起第二年开始的大约30年间我都一直在参加。现在出席每月例会的会员大约有10名左右。今年的正式成员有2名退休教授(包括我在内)、4名高中教员(有退休的也有在职的）、3 名公司职员（有退休的也有在职的），还有巴克斯先生的日本遗孀、主妇数人，成员半数都是 60 多岁。读书会名叫"巴克斯读书会"。

读罢前田先生的回信，我想也许可以向他们请教许多有趣的事。① 当然，被人指出误译还是让我有点难堪，但我想比起个人体面，还是将真实公之于众更合适。因为很少有人帮我纠正错误，这是难得的良机。经我拜托，前田先生很快帮我发来名为"误译笔记（精选）"的大容量附件，还附加了下面的履历。

前田尚作（まえだ　しょうさく）的简历：

1937 年生于大阪。京都大学大学院文学研究专业博士课程（语言学专攻）满期退学（文学硕士）。印第安纳大学研究生院（语言学 MA）、马萨诸塞大学客座研

---

① 这是我的误解，在这读书会上，他们只是读英语的写实小说或虚构小说，对照原文与译文的比较检查是前田先生的个人研究。

究员。曾在天理大学外国语学部任教，后担任帝塚山学院大学文学部教授(2004 年 3 月年满退休)。

读了之后，我得知前田先生并非单纯的兴趣小组成员，而是一名语言学专家。他的著作包括《日英语言学研究：从漱石著作〈心〉的英译本中所学》(1996 年)和《日本文学英译分析研讨》(2006 年)。看看"误译笔记"，也会知道这不是简单的误译列表，而是一本误译分析的书。

再深入读"误译笔记"的内容，还会明白它果然不只停留在误译分类上，还深入挖掘了误译的原因。可以说，内容不仅对译者，对于英语爱好者或喜欢日语语法的人也都有益。例如，取其中"弄错主语"的一例，我的误译就被置于案板，那便是村上春树《东京奇谭集》中收录的"天天移动的肾形石"一文的英译。导致误译的过程，前田先生做了如下说明：

〈正解を与えるのはキリエか、淳平か?〉(〈给出正确答案的到底是淳平还是贵理惠?〉)

「どんな仕事をしているの?」淳平は尋ねた。("做什么工作?"淳平问。)

……(……)

「テニス選手?」("网球选手?")

……(……)

(A)"进展绝对理想。"

(B)"但不能提供正确答案。"

(C)"保有小小的秘密是很重要的。"贵理惠说。(《东京奇谭集》132. 中文译文来自上海译文出版社 2009 年版《东京奇谭集》第 93—94 页)

'What kind of work do you do?' he asked.

...

'Tennis?'

'No,' she said.

(a)... 'You seem to be getting there.'

(b)'*But I still can't give you the right answer.*'

(c)'It's important to keep a few little secrets,' Kirie said. (*Blind Willow*, *Sleeping Women*, 296)

解　说

这是新锐作家"一名 31 岁的男人"与一名 36 岁的女人的对话。在饭店开张的庆祝派对上,男人想猜出女人的职业,尝试说出几个职业,却都不对,于是出现了下划线(B)。原文中(A)(B)(C)的发话人都是按照女、男、女的顺序。译者关注(A)(B)的问答，分别把意思译作"(你)正在接近正确答案"和"不过(我)还不能说正确答案"。然而，如果注意到(B)(C)的组合，(B)的意思也可以理解成"不过我还不能(告诉你)正确答案(1)"，或者还可能解释为"不过我还不能请你告诉我正确答案(2)"。在(C)中，贵理惠的回答感觉意思是"不过，我想先保密我的职业"，原文中下划线(B)的意思该是上文(1)和(2)中的哪一个呢？

问题在于两种分析的依据是"不能提供正确答案"这句话，我们该把它的主语看作"你"还是"我"？在二者之间选择的关键是文脉和表达。我们注意下问答(B)(C)的文脉，引出(C)中贵理惠"不过，我想先保密我的职业"这句回答，把(B)看作对"你"的作答更贴切。再者，我们留心下表达，将原文中"提供正确答案"与译文"give you the right answer"比较一下看，后者的主语既可以是解答者，也可以是出题者。也就是既可以用作解答者猜中正确答案的场景，也可以用作出题者告诉不能解答的人正确答案的场景。可是前者、也就是能够成为"提供正确答案"的主语的只能是出题者。"提供"这一动词用于"东西"从上位者向下位者移动的时候，所以不会用于解答者猜中正确答案的情况。因此，省略掉的主语应为"你"。

如上所述，从文脉和表达两方面考虑，就会明白，(B)"不能提供正确答案"这句话中，"提供正确答案"的人是相当于出题者的"你"，也就是"贵理惠"。因此，译文斜体字部分(b)的主语译成"I"，不能不说是错误理解。

(斜体字部分修正译文)But you still won't give me the right answer.

看到这里，我深以为然，于是拜托出版英译文的科诺普出版社编辑将"But I still can't give you the right answer"

替换为"But you still won't give me the right answer"。

前田先生说：

> 给日本本邦人士看这样的误译例子，他们虽然感
> 觉"哪里不对"，却弄不明白为什么会有这种感觉。这
> 或许是因为日语知识在大脑深处沉睡的缘故吧。我研
> 究的目的不是要批评译者，而是要唤醒沉睡在我们大
> 脑中的母语知识，使人注意到两种语言之间隐藏的沟
> 壑。误译并不可耻，谁都可能误译。这世上根本不存
> 在能将藤村的《黎明前》和村上的《奇鸟行状录》这样厚
> 的大部头进行零误译翻译的人。

深深的感动与一个提议

看过"误译笔记"之后，我被深深地感动，以至于不

能不写回信。于是，我给前田先生回邮件写道："在翻译尚未变成活字的阶段能看到这样的资料，好极了!"然后到了第二天，我又考虑了许多，最后向前田先生这样提议道：

现在我有个好主意。前几日我曾写过"想知道读书会的诸位朋友读了我的芥川短篇集感觉如何"，可否请他们先不读芥川，而是在读书会上读读我翻译的漱石的《三四郎》呢？老实说，英国的企鹅出版社再版了我1977年出版的译本，现在正在校对阶段。既然您用放大镜仔细审核翻译，那能否请他们挑选出能够活用的审核结果呢？如此，我便可以在正式印刷之前改正了。如果大家能帮我审核《三四郎》的旧译，我将在新译本中改正误译，也会在谢辞页上写上诸位的大名。

前田先生接受了我的提案，但实际上读书会的成员们没有时间，往来过三两封邮件之后，最终还是前田先生一人担任了《三四郎》的审核人。

2007 年 12 月至翌年 2 月 8 日，前田先生一直专注于《三四郎》的审核工作，审核结果真是绵密至极。他将原作与我的旧译本的对照做成文件，在原作与翻译出现意思偏差的地方标注下划线，误译自不必说，连应该再斟酌的地方也帮我指了出来。我作为译者还从未有过这等宝贵经验。直到 8 月结束，我们一直在通过邮件讨论问题点。

幸运的是，我中途决定访日，3 月 17 日在京都南禅寺的豆腐料理店里得以和前田先生见面。饭桌变成了讨论桌，我们有谈不完的话。自不必说，之后我们之间的邮件往来更频繁了。

当然，我在 2009 年企鹅出版社出版的《三四郎》的译者前言中加入了对前田先生的谢辞。

"在我执笔这次的修正版时，得以和对日本文学英译怀着无限好奇心的语言学家前田尚作先生反复进行讨论，这真令我喜出望外。"

之后的 3 年间，我和前田先生只是进行着季节性问候，那期间我翻译了村上春树的《1Q84》。这是项贯通性工作，所以我无暇和前田先生进行商量。出版后，我把书寄给前田先生，不久后的 2012 年 8 月 24 日，收到了前田先生的误译清单。因为这部小说有两名译者，所以我也将清单转发了 BOOK3 的译者菲利普·加布里埃尔（Philip Gabriel）。适逢科诺普出版社当时正准备推出平装版，误译的订正幸运地赶上了这一版本的出版。

企鹅出版社计划出版的《近代·现代日本短篇小说翻译集》的编集工作始于 2014 年，我也将其中数篇的审核拜托给前田先生，它们分别是森鸥外的《兴津弥五右卫门的遗书》、三岛由纪夫的《忧国》、野坂昭如的《美国羊栖菜》、泽西祐典的《用砂糖填满》等等。

当年又有别的约稿不期而至。一家英国出版社决定重版我译过的漱石的《三四郎》，和《三四郎》的重译一样，也要附上村上春树的序，这里也拜托前田先生进行了旧译审校。

提议这项计划的是一位名叫斯科特·帕克的英国编辑，他通过读村上春树的《海边的卡夫卡》了解到《坑夫》的存在。2014年6月至2015年1月的大约半年时间里，同重译《三四郎》时一样，我和前田先生通过网络邮件进行了激烈的翻译探讨，最终使2015年出版时的新版比旧版的翻译准确许多。2015年，我迎来了人生中的一个转机。之前我都是翻译他人的小说，这次变为出版自己创作的小说，实际上是我和妻子合作的结果。如前所述，这本小说当年5月由西雅图一家小出版社出版，小说题为 *The Sun Gods*。几乎同期推出的日语版译者为柴田元幸和平塚隼介，书名为《岁月之光》。

我将原书与译本寄给前田先生，他与我联系，提议"赶紧开个庆祝派对吧"。同年10月末，我因日语版出版事宜赴日，前田先生为我举行了题为"《岁月之光》：作者与读者见面会"的活动。包括前田先生的读书会成员，总共

14 人迎接了我们夫妇，举行了历时 4 小时的其乐融融的午餐会。① 前田先生将当天的情况通过数字通讯进行了如下报道②：

本年(2015 年)7 月，春树的英文译者之一、著名的哈佛大学名誉教授杰伊·鲁宾先生的处女作长篇小说《岁月之光》[（原题目）*The Sun Gods*（翻译）柴田元幸·平塚隼介 460pp.]由新潮社出版。该书在日本的各大报纸上获得好评如潮，正朝着畅销书迈进。通过为漱石的《三四郎》、《坑夫》(重译)及同为鲁宾先生编集的《近代·现代日本短篇小说翻译集》提供原文解释上的支持，我和鲁宾先生成为 10 多年的工作伙伴。迄今为止我和他们夫妇经常如家人般见面，今年秋天，为庆祝他的处女作出版，我召集 14 位读书会同仁，借

① 大阪府泉北地区的"アンシャンテ读书会"（干事：柏本美智子）和临近的"バッケツ读书会"（干事：峰烟通）。
② The Professional Translator ＃139（Nov. 25, 2015）http：//e-trans. d2. r-cms. jp/topics _ detail39/id＝2667.

"《岁月之光》：作者与读者见面会"之名举行了不成规模的午餐会。

正如该书"译者后记"中所写，这个故事来自他们夫妇二人的合作。故事讲述了因战争被割裂的日本养母光子与白人儿子比利的故事。但这并非简单的寻母伤情故事。内容在揭露自由之国美国的耻辱——人种歧视的实态的同时，还通过描写东京大空袭与投放原子弹后的长崎的悲惨情境，挖掘了战争之恶。

在恳谈会上，我们对该书进行了讨论。他们夫妇和煦的性格及夹杂着鲁宾先生特有的幽默的回答引起阵阵笑声，谈话始终在其乐融融的气氛中进行。读者的意见也大多是饱含赞叹和感激的读后感之谈。最后，我们分发了该书书内出现的《五木摇篮曲》的歌词，在全体的合唱中结束聚会。聚会结束后，依然有数人意犹未尽，和他们夫妇二人一起来到酒店内的咖啡店，以英语为主进行了将近一小时的欢谈后方才解散。

在《岁月之光》的作者与读者的见面会上

在漫长的人生中，这次的"读者见面会"成为特别的经历。如果我没有给前田先生2007年12月7日发来的邮件回信，大概不会有这么一天。想到这里，我不禁感慨命运的神奇。若非如此，我就不会享受订正《三四郎》和《坑夫》这样有趣的工作，《1Q84》的翻译瑕疵也不会减少。而且也不会有和前田先生硕果累累的交往。

前田先生给我写信说："我给许多美国译者写了信，但给我回信的只你一人。"抱定主意保持沉默的其他译者放过了宝贵的机会，这样一想，我愈发感慨万分。

日本文学在英语圈中的未来

译者的名字很小

时常有美国读者问我"读什么能了解日本文学的现状",我会毫不迟疑地回答"*Monkey Business*"。虽然题名有点奇怪,*Monkey Business* 却是介绍最前沿日本文学的别有创意的英语文艺杂志。2011 年推出创刊号,主编是在东京大学教授美国文学、同时翻译了无数美国小说的柴田元幸先生。

柴田先生以美国文学的译者闻名,好几本杂志刊登过他的专栏,另外他还以村上作品翻译的校对负责人受到关注(柴田先生和我的交往缘起于村上春树,详情请参照第一部中"粉丝满溢的春树演讲会"一文)。

或许日本读者认为天经地义，但在美国，作为译者能够被刊登上专栏是不可想象的事情。基本上就算译著出版，封面上也很少会出现译者的名字。柴田先生的译著上大大地写着他的名字，而我的译著中，无论原作者是村上春树还是漱石，抑或芥川，通常我的名字要么不出现，要么即便出现也非常小。

之所以译者在日本会受到重视，是因为明治开国以来，若非依靠译者，日本就不可能接触到全世界的知识。反之，英语是世界通用语言，原本就缺乏好奇心的美国人越发满足于自我中心的世界观，不愿意了解外国的语言，也只愿意读少量翻译作品。

英语版 *Monkey Business* 创刊三年前，柴田先生在日本创办文艺杂志《恶作剧》(*Monkey Business*)。编辑 G 先生做后盾，他甚至帮忙找来出版社，《恶作剧》遂于 2008 年 4 月通过 Village Books 开始刊发。大致说来，里面一半刊载的是日本作家的新作和采访（也包括将文学作品画成漫画的相当艺术化的作品），一半几乎都是柴田先生自己翻译的英美作品。

我问过柴田先生为何要给文艺杂志起名《恶作剧》，他说："我一开始想叫它《Story》（故事）来着，但有本女性杂志叫《Story》，我知道著作权上不允许，所以就和 G 先生在电话里唠叨怎么办，恰好有张查克·贝里（Chuck Berry）的CD 进入视线，哦，有了，Too Much Monkey Business（美国黑人歌手查克·贝里的一首歌曲名）……就它了！大致就是这么无厘头的想法。"

不过，后来也给它加上了"厘头"，据柴田先生说，日本文艺杂志大多太严肃，而且内容分别下了很大工夫，但形式相当整齐划一，同样的规格、每月同一天刊发、一起登载新闻广告……这在美国又是难以想象之事。杂志名到现在还在使用旧汉字，庄严肃穆，感觉简直就是严肃商业，于是他与之对抗，做成了恶搞商业。

"不过，实际做起来，我才感觉到每月出版文艺杂志的那些人其实都很了不起，我才三个月一次就忙得不可开交了。我很尊敬他们。"柴田先生苦笑着说。

有能力的编辑、有能力的设计（铃木成一）、有能力的封面插图画家（太公良），加上豪华的正规执笔阵容（川上弘美、古川日出男、岸本佐知子、西冈兄妹……），还获得了豪华的准正规队伍（村上春树、川上未映子、小川洋子……），《恶作剧》似乎在文学爱好者之间深受喜爱。一本无广告的文艺杂志要以商业模式操作，这实在不易。2011年秋，在出版了总计 15 册正刊和 1 册临时增刊之后，杂志休刊了。

在美国的再出发

然而这只"猴子"竟意外顽强地在美国获得了重生。这次是因为同为我多年老友、在伦敦约克大学教日本文化的泰德·哥森（Ted Goossen）恰好遇到一个好时机。泰德是牛津大学出版社出版的《牛津丛书之日本短篇小说》的编者。

这本书是收录了从鸥外、漱石、独步到村上春树、岛田雅彦、吉本芭娜娜的定版短篇小说集,在大学的课堂等地方也经常被使用。

看到这书受到如此好评,出版社曾向泰德提出是否做这个短篇集的现代编。话虽如此,鸥外和漱石并不会轻易过时,而现代作品数年后却很有可能陈旧。所以泰德正考虑该怎么着手。比较理想化的是每年出版一本短篇集,不断"补充"新的作品。不过,如果这项工作每年都要从头开始,那可是一项相当浩繁的大工程。

正在这个节点上,泰德有了一个好主意,那就是从日本的杂志《恶作剧》中挑选作品译成英文,每年出版一册即可。当时泰德正在柴田所任职的东京大学做客座教授,他们便一起开始了这项工作。

作品中的大半都是泰德所译,第一期如同样本一般,在相当于编辑顾问的罗兰·克鲁兹的帮助下,发行地和赞助商都得到解决(在美国,若想推出文艺杂志,赞助商是不可或缺的角色）。第1期于2011年4月以布鲁克林的文艺杂志《公共空间》为发行地刊发。

杂志由哥森和柴田共同编辑，刊名将日本的片假名改为英语 *Monkey Business*，封皮原封不动地使用了太公良别具一格的设计。执笔者阵容除村上春树、古川日出男、川上弘美之外，还有川上未映子、岸本佐知子等，日本的正规军加入进来，而且柴田先生发动了通过常年翻译美国作家作品培植起来的人脉，保罗·奥斯特（Paul Auster）、斯图尔特·迪贝克（Stuart Dybek）、理查德·鲍尔斯（Richard Powers）、丽贝卡·布朗（Rebecca Brown）等美国一流作家也为杂志提供原稿。

"执笔阵容很令我骄傲，大约同样的，不对，或许该说更加令我骄傲的是译者阵容。除了泰德，还有杰伊·鲁宾、米迦勒·艾默里克（Michael Emmerich）、大卫·鲍伊德（David Boyd）等等日本文学最杰出的译者跟我合作。我认为单凭翻译质量就值得一读。"——柴田先生说。

如此说来，我也被列入"最杰出的译者"，为该杂志翻译了宇野浩二的《屋檐后的法学士》、源氏鸡太的《英语学堂》、芥川龙之介的《金将军》、国木田独步的《难忘的人们》(此为时隔42年的重译)、河野多惠子的《箱子里》、星新一的《肩上的秘书》。从上面的名目可以看出，我的任务不在现代，而是介绍准古典时期的优秀作品。每次和泰德、阿元(泰德和我都这样称呼柴田)一起做这份工作都格外开心。

英语版 *Monkey Business* 每年都会在纽约举办出版纪念活动，这个也要发挥柴田先生的人脉，必定会策划日美作家对话。我也因此得以听到别处根本听不到的谈话。高桥源一郎×保罗·奥斯特、川上弘美×丽贝卡·布朗、古川日出男×斯蒂夫·埃里克森(Steve Erickson)、柴崎友香×凯丽·林可(Kelly Link)……列出以上几组，我想诸位可能就会有一定程度的印象。

我不知道会不会有足以继续发行下去的资金，但只要

Monkey Business 每年出版，现代日本文学在英语圈中的未来就会璀璨夺目。数年前，英国企鹅出版社委托我编写《近代·现代日本短篇小说集》时，我第一时间浮现出的念头便是：若能从 *Monkey Business* 中选取作品，便可成竹在胸了。

后记

本书出版之际，承蒙诸方不吝协助。首先我要对给我执笔机会的东洋经济新报社的中村实先生致以衷心的感谢。此外，对将身居美国的我和日本紧密联结、从策划到实现出版给予我大力支持的驻西雅图创造广告代理和LLC经纪的纯子·古德伊尔女士、村上路先生一并致以深深的谢意。

同时也对在本书内容方面以不胜枚举的方式帮助我的诸位表示感谢。他们是畔柳和代、前田尚作、柴田元幸、河村晴久、木股知史、板垣麻衣子、鲁宾·源、鲁宾·良久子，当然首当其冲是村上春树（敬称省略）。

另外，我希望将本书部分版税捐助给五官基金（fivesensesfoundation. org）。有财团愿意认真帮助我将我的努力传播到美国，这对多年研究日本文化的我来说实为可

喜之事。唯愿我能够在传播自己无比喜爱的日本文化精髓
的活动方面略尽绵薄之力。

杰伊·鲁宾

二〇一六年一〇月

图书在版编目(CIP)数据

村上春树和我/(美)杰伊·鲁宾(Jay Rubin)著;蔡鸣雁译. 一上海:
上海译文出版社,2019. 12
ISBN 978 - 7 - 5327 - 8125 - 6

Ⅰ. ①村… Ⅱ. ①杰…②蔡… Ⅲ. ①随笔一作品集一美国一现代
Ⅳ. ①I712. 65

中国版本图书馆 CIP 数据核字(2019)第 251309 号

Jay Rubin
MURAKAMI HARUKI TO WATASHI
Copyright © 2016 Jay Rubin
All rights reserved.
Originally published in Japan by TOYO KEIZAI INC.
Chinese(in simplified character only) translation rights arranged with TOYO
KEIZAI INC. , Japan
through THE SAKAI AGENCY and BARDON-CHINESE MEDIA AGENCY.

图字:09 - 2018 - 896 号

村上春树和我

[美]杰伊·鲁宾 著 蔡鸣雁 译
责任编辑/姚东敏 装帧设计/柴昊洲

上海译文出版社有限公司出版、发行
网址:www. yiwen. com. cn
200001 上海福建中路 193 号
杭州宏雅印刷有限公司印刷

开本 787×1092 1/32 印张 8.25 插页 4 字数 79,000
2019 年 12 月第 1 版 2019 年 12 月第 1 次印刷
印数:0,001 - 8,000 册

ISBN 978 - 7 - 5327 - 8125 - 6/I · 4999
定价:54. 00 元